Shinomori & Kuraki
ラスト・コール

下の名前でなんて、呼んだことなどなかったのに。
そうすれば俺が喜ぶとわかっているのだ。
強引に振り向かされ、強く抱き締められる身体。
続く有無を言わさぬ激しい口づけ。
吸い付くようにぴったりと唇が合わさり、
時間を惜しむように荒々しく舌が動く。
（本文P.69より）

Chara

ラスト・コール

火崎　勇

キャラ文庫

この作品はフィクションです。
実在の人物・団体・事件などにはいっさい関係ありません。

目次

口絵・本文イラスト／石田　要

ラスト・コール

雑誌などの特集にも取り上げられる洒落《しゃれ》た町並みを誇るその私鉄の駅からは、南へ真っすぐに伸びる広い道路が通っている。

レンガの歩道を有するその道には高いビルと並木が続き、春まだ浅い今の季節などは人通りも多い。

だが、そこを少し入ると、個性のある路地が何本もあり、高級住宅街といった佇《たたず》まいの中にはポツポツと凝った店も混じっていた。

『イル・マーレ』はその中の一軒で、女性向けの雑貨や服を置くセレクトショップだった。

白い三階建てのビルの一階、ガラス張りの入り口につや消しの木目の床。ディスプレイに使用している棚なども含め、全てアンティークっぽい木の調度品で揃《そろ》えられている。

開店して三ヵ月、そろそろ馴染《なじ》みの客も増えて来たという俺の店だ。

と言っても、自分がオーナーなわけではない。

今から半年ほど前、大学時代の先輩である池原《いけはら》さんがアパレル会社に勤める俺を訪ね、こう言ったのだ。

「篠森《しのもり》、俺と一緒に店をやらないか?」

池原先輩は俺が一年の時の四年だった人で、同じテニスのサークルにいたとはいえ、大学で重なっていたのは一年間だけだった。

けれど、とても面白い人で、いつも人の輪の中心にいる人だった。OBになってからも何度も部室を訪れては後輩に差し入れなんかをしてくれて、何が気に入ってくれたのか俺も随分飲みに誘われたものだ。

いいトコのボンボンだという話も聞いた。放浪癖があるとも言われていた。事実、卒業後もちゃんとした会社に勤めるわけでもなく、いつ聞いてもどこか外国に旅行ばかりしている人でもあった。

ヒゲだらけの顔に、Tシャツ一枚でふらふらしている、真似《まね》なんかできないけれど、男としてその生き方に少しあこがれを感じる、そんな人だった。

「店って…。先輩、何の店をおやりになるんですか?」

その池原さんが突然会社に現れ、昼飯を奢《おご》るからと引っ張って来たレストラン。

「洋服屋」

彼に似つかわしくないお洒落な店内。

「よ…洋服屋ですか?」

タバコを吸いながら語ったセリフを、今も俺は覚えている。

「そう。それと雑貨もな」

「何で今更店だなんて、一体どこで、どんなふうにやるんです。それにどうして俺に」

「ああ、話せば長いことなんだが。実は俺、今度結婚するんだ」

「結婚?」

「ああ。まあ、男のケジメってやつさ。それで少し落ち着こうかと思って」

「はあ…」

「それで、お前の質問に一つずつ答えていくとこうなるんだ、いいか。俺の奥さんになるってヒトは俺と同じで日本にいるより外国にいる方が好きな人なんだ。だが日本も好きでな。そこで日本と外国と両方をウロウロできる仕事がいいな、と考えた」

「はあ」

「流行《はや》り廃《すた》りもあるだろうが、それなら輸入雑貨の店はどうかと思ったんだよ。奥さんになるヒト、その…久利子《くりこ》って言うんだが、久利子は若い頃デザイナー志望で、洋服を扱いたいって思ってたんだと」

「それで店、ですか?」

「そう。幸い親父の持ち物で空いてるビルが一ヵ所あるんで、そこを使わせてもらえば家賃がタダになる」

どうやら先輩が金持ちのボンボンというのは真実だったらしい。

「で、服飾なら丁度いいところに後輩が勤めてるっていうんで俺に白羽の矢が立ったんですね」

「少し違うな」

次のセリフを聞くまで、俺はその話には全く乗り気ではなかった。

サラリーマンは安定職で、自営業は不安定。そんな先入観もあったし、池原さんは好きだが、彼の話は夢の物語に過ぎないと思っていたから。

けれど一生の不覚だった。

俺は真顔で正面から俺の顔をじっと見て言った先輩の一言に心が傾いてしまったのだ。

「篠森だからだよ」

「え…？」

「俺が今まで付き合って来た連中の中で、お前が一番信用できるヤツだと思ったから捜したんだ。お前がどこ勤めてんのか知らなかったから、小早川《こばやかわ》に聞いてここ来たんだぞ」

自分が誰かから絶対の信頼を受ける気持ちは、それを聞いた者にしかわかるまい。

「俺も久利子もしょっちゅういないし、買い付けは趣味でできるが運営は頭がないとダメだってことも知ってる。だから店長させる人間は、信用があって頭がいいヤツがいいと思ったんだ。簡単に言っちまえば、篠森なら、もし俺がメガネ違いで金を持ち逃げしても許せるなって思う相手だからさ」

くすぐったくて、恥ずかしくて、『そんなことないですよ』と言ってしまいたくなる気持ち。

そんなの買いかぶりだとか、口説くために口だけで言ってるんでしょうとか色々考えてしまう。

「俺、今の所気に入ってるんですよ」

と言いながらもつい口が曲がるのは、不快なのではなく照れからだ。

「うん。無理言ってるのは知ってる。だがどうだろう、俺も色々考えるから、それを全部聞いてから答えを出してくんないか？」

「それは…聞くくらいならいいですけど…」

その時はそう言った。

けれどまだ店をやるつもりはなかった。

けれど結局、俺は今こうして小さな店を切り盛りしている。

俺が思っていたよりも、池原さんはしっかりとした人で、俺が思っていたよりも、自分には小さな野心があったってことだろう。

若いアルバイトの男女を三人使って、瀟洒《しょうしゃ》なビルの一階の凝ったセレクトショップの店長。

それが二十六になってから俺、篠森友弥《ともや》が得た社会的地位というヤツだった。

東京《とうきょう》で就職したはずの息子が、突然セレクトショップの店長になると電話を入れた時も親は大層驚いたが、もう一つ俺は親を驚かせてしまう秘密を持っているのだ。

それは、誰にも言えないことだけれど『恋人がいる』という事実。

二十六にもなって恋人の一人や二人、いたって全然驚くようなことではないのだけれど、それも相手によりけりだ。

俺の今の恋人は、少なくとも人様の前へ連れていって『コイツが俺の恋人』と紹介できるような人間ではないのだ。

『倉木《くらき》』という名の恋人は、料理も上手いし性格もいいし、顔立ちも十人が十人、決してブサイクとは言わないだろう。

『人』として紹介するなら、友人としてなら、誰の前へ出しても恥ずかしくないほどの人間だ。

だが『恋人』とは言えない。

なぜなら、倉木の下の名は『嶺《りょう》』、つまり俺の恋人は倉木嶺という名の男なのだから。

毎週火曜日、ここいら一帯の店が休むので自然に決まった店の定休日、俺はアパートから真っすぐ近くの公園へ向かう。

公園の前の喫茶店でコーヒーを一杯頼み、ぼんやりしながら外を眺めていると、店の前に黒いバイクが停まる。

降りて来るのは背の高い、ガッチリした筋肉質のハンサムな男。

きりっとした眉とか、痩《や》せてるんじゃないのに頬骨《ほおぼね》のラインがわかるところとか、大きく引き締まった口元とか、その面立ちには彼の意志の強さとか、強引なところが全部表れてる気がする。

革のジャケットを羽織っているところは、いかにも四輪よりもバイクが似合う男だ。

男は辺りを窺《うかが》うふうもなく真っすぐに店へ入り、ジャングルブーツの靴音も高く真っすぐに俺の目の前まで歩み寄った。

「よう、篠森」

低い、耳に心地よい声は座るより前に俺の名前を呼んだ。

そう。これが俺の恋人、倉木嶺だ。

「おはよう」

「いっつも思うんだが、十時を回った時の挨拶《あいさつ》って微妙だよな」

「どうして?」

「おはようじゃ遅い気がするし、こんにちはってのも何だかな」

「それで『よう』か?」

「そう。でも篠森には似合わないいな」

「そんなことないだろう。言ってやろうか?『よう、倉木』」

すごく悪そうな顔がにやっと笑う。

「似合わないな」

片手を上げ、俺と同じくコーヒーをオーダーし、取《と》り敢《あ》えずといった感じでタバコに火を点《つ》ける。

「煙、こっちに吹くなよ」

「吹いたことないだろ」

恋人といっても、俺達はべったりと甘い関係にあるわけじゃない。

男同士だから照れたり畏《かしこ》まったりする必要がないので、傍《はた》から見るときっと友人にしか見えないだろう。

話題も、敢えて探したりしないし、ご機嫌を取ることもない。

肩の力を抜いて同じテーブルについていられることが嬉《うれ》しいと思う関係だ。

「お前の店、N駅のとこだろ?」

「ああ」

「この間、捜したんだけど見つけられなかったな。表通りじゃないんだ」

「一本入ったとこだよ。『木陰の道』ってところにあるんだ」

「『木陰の道』か、今度行ってみるよ」

「女性専門の店だぞ」

「外から覗《のぞ》くだけさ。お前さんが働いてる姿をじっくりと見てみたい」

「倉木みたいな男が外から覗いてたらアヤシイなあ。それくらいなら入って来た方がいいよ。

彼女のための買い物なのかって思われるから」

実は俺と倉木は付き合い始めてからまだ三ヵ月しか経っていない。俺が店を始めたのと同じくらいだ。それに『恋人として』と付けると、もっと短くなる。

彼は俺の仕事を知っているが、俺は彼の仕事も知らない。まあ平日が休みの俺と休みを合わせることができるようなフリーな仕事であることは想像できるのだが。

年齢は俺よりも上だと思うが、確かな年も知らない。多分、二十七、八というところだろう。

電話番号と住所くらいは知っているが、彼の実生活の殆《ほとん》どはまだ知らないことばかりなのだ。

「食事、どこでする？」

「パンじゃなけりゃ何でもいいな。どうもパンってヤツは力が出ないから」

「米の飯？」

「ああ。もっとも、朝からステーキとは言わないが」

「そんなの、俺がいやだよ」

「そうか？　俺はそれしかないならステーキだろうが天ぷらだろうが平気だけどな」

「信じられない。聞いてるだけで胃が痛くなる」

それでも、俺は倉木が好きだった。

多分、自分の方がより多く惚《ほ》れているだろう。

男を好きになるということを、彼を好きになるまで考えたことなどなかった。

だが、彼を好きになってみると、それがそんなに突飛なことではなかったことに驚きを感じた。

セックスという観念から入るのでなければ、人を好きになるのに男も女もないのではないだろうか。彼と過ごすことは、とても快《よ》いことだった。

ただ、困ったことはある。

自分はさほど身体を重ねることに重きをおいているわけではないのだが、倉木はそうではないということだ。

「篠森の今日の予定は？」

「特には」

「メシを食った後、行きたいところは？」

「うーん、新しいシャツを買いたいと思ってるくらいかな」

「じゃあ、そいつが終わったら夜までお前の部屋へ行ってもいいか？」

断るわけがないという余裕の笑みを浮かべての質問。

それはまあそうなんだが、すぐに返事をするのもシャクだ。

「どうしようかな」

「ワイシャツくらい買ってやるから」

「ワイシャツじゃない。シンプルでもいいからデザイン性の高いヤツが欲しいんだ」

「そう。お客は女性ばかりで目ざといからね。お前みたいに着たきりスズメではいられないんだよ」

「着たきりスズメは酷《ひど》いな。これでもちゃんと篠森と会う時は気を遣ってるんだぞ」

「どこが」

「カッコイイ男、この男になら自分を任せてもいいかもって思わせるのをコンセプトにしてる」

「ばーか」

　本当はそんなこと思ってもいないクセに。どうせ俺なんかと会う程度じゃスーツ一つ着ようとも思わないんだろう。

「倉木って、まさかスーツ一枚も持ってないタイプの人？」

「いや、三枚くらいは」

「じゃあ会社はどんな格好で行ってるんだ？」

「職場で着るのか？」

　短くなったタバコを灰皿でねじ消し、肩をすくめる。またこれだ。

　付き合って、恋人という自覚があるのに、俺はこいつの仕事を知らない。どうしてだか、倉木は自分の仕事の話をしようとしないのだ。以前も聞いたが適当にはぐらかされてしまった。

　そして今日も、だ。

「制服があるからな、服に掛ける金があったら遊びに使うさ。それより、夜の方は?」

「いいよ。仕方ない。夕飯は何か好きなもん作ってやるよ。その代わり材料費を出せよ」

アプローチは多い、休みは合わせてくれる、『好きだ』とハッキリ口にも出してくれる。

けれど俺は自分が倉木に本当に愛されているかどうかの自信はない。

その理由は一つには彼の態度があまりにもあけすけだからだ。

普通、恋愛っていうのはもっと慎重に、手探りで行うものだろう? それがこいつには感じられないのだ。思ったことは全てその瞬間に口にしてしまう、そんなお手軽なところに信用が置けないのだ。

そしてもう一つ。

「おっ」

話がついて、そろそろ喫茶店から出ようとそれぞれが腰を浮かせた瞬間、店内に響き渡る電子音。

その音が何であるかもう知っているから、俺は軽くタメ息をついて浮かせた腰を下ろした。

目の前で、ジャケットから出したケータイに目を落とす倉木の顔。俺の前で見せる感情丸だしのものとはちょっと違う真剣な眼差し。また呼び出しか。

休日にメールで呼び出されるなんて医者かとも思ったが、こんな男が医者だったら俺だって医者になれるだろう。

ケータイをポケットにしまってチラッと俺を見る仕草。

「悪い、篠森」

頭を下げ、パンッ、と手を合わせる。

「この埋め合わせは来週でも」

「『埋め合わせ』ねぇ…」

「ホント、悪い。すぐに行かなくちゃならねぇんだ。夜までに都合がついたら真っすぐお前の部屋へ行くよ」

「来ても開けてやらないかもよ」

「そんなこと言うなよ。愛してるからさ」

「ばか」

「後で入れられるようならケータイに電話入れるから」

「はいはい、せめてここの払いはしてけよ」

ポケットから千円札を出してテーブルの上に置く。

「そうだ、お前の店の近所、最近物騒だから気をつけろよ」

「いいから、行けよ」

そんな上っ面だけのおためごかしを言われたって、デートを中断した詫《わ》びにもなるものか。

怒った顔をしないのは、お前に気を遣ってのことじゃない。自分が置いていかれるのが嫌だと白状したくないからだ。

入って来た時と同じく、靴音を響かせて出てゆく後ろ姿。

一度も振り返りもしない。

呼び出した『誰か』の元へまっしぐらだ。

どんなに『愛してる』と言われても、別れ際の一言では信用できはしない。

名残惜しそうな顔も見せないで去ってゆく姿を見ては本当に愛されてるなんて思えるはずはない。

「二十分か…」

腕の時計を見て確認する一緒にいた時間。

デートなんて呼べない短い時間さえも喜んでいる自分がいて、温もりが残っているであろう目の前の空っぽの椅子《いす》を寂しく思う自分がいる。

恋人と思いたい。

恋人だと思われたい。

けれど、どうしてもそう思えない。

仕事は順風満帆なのに、人生はブルー。

「それでも、あんな男に会わなければよかったと言えないんだよな…」

せっかくの休日にいきなり差した影を拭《ぬぐ》うように、俺はテーブルの上の千円札をしまい、追加のオーダーをした。

まるで、せめてもの意趣返しというように、倉木の嫌いなパンを朝食とするために。

「ピザトースト一つ」


何の接点もない俺と倉木が出会ったのは、本当の偶然だった。

そろそろ開店のメドがついて来た俺が次にするのは、少ないツテを頼んで宣伝をすること。そこで少しでも客になりそうだと思う人間と片っ端から会うことに決めたのだ。

女性陣だけではない、男だって彼女や家族に伝わってくれれば客になる。

とはいえ『仕事が他にできたから辞めます』という形で退社する以上会社の人間にはあまり積極的にできない、となれば次に相手にするのは学生時代の付き合いだろう。

いつもは面倒臭がってあまり参加しない大学のOB会、そこへ先輩と二人足を運び挨拶をする。

「今度、池原さんとセレクトショップを開くことになったから。みんなよろしく頼むよ」

大学近くの馴染みの居酒屋。

集まっているのは自分も知っているOBと、まだ馴染みのない在学生。男が多いが女もいる。

俺とは違ってちょくちょく会へ顔を出している池原さんはあっと言う間に人の群れに囲まれた。

俺の方は店をやろうという人間だ、人付き合いが悪いわけではないが、顔も知らない年下の連中に頭を下げるくらいならと、自然先輩や同輩のグループに席を置いた。

だが、それがいけなかった。

「何かパンフレットとかチラシとか作れよ。そしたら俺も会社の連中に配ってやるよ」

「駅にポスター頼めばいいじゃん。沖《おき》がデザイン会社に勤めてるから頼めば作ってくれるんじゃないか?」

「今時はパソコンで作れるだろ」

なんてありがたいお言葉をいただけたのは最初のうちだけ。

酒が入って、宴がたけなわになると無礼講もいいところ。

「篠森、もっと飲めよ。頼み事だけしてサヨナラはないだろう」

という一言がきっかけとなって、俺のグラスになみなみと酒が注がれる。

飲んでいなければいい人間も、飲んでしまえばただの酔っ払い。

下心があって愛想よくそれに応じなければならないからついつい杯が重なる。

「適当に逃げないと後が大変だぞ」

唯一あまり酒を飲まない友人の稲見《いなみ》がそんな忠告をくれたが時は既に遅かった。

「篠森、もう一杯いけ」

「先輩、もうだめですよ」

「だめ？　何がだめなんだ。男は飲んでこその価値だぞ」

「でも…」

「でもじゃない。ほら、ぐっといけ」

「はあ…」

コップを手で塞《ふさ》いでも無駄。新しくオーダーされたグラスが前へ差し出される。

店は、普通の居酒屋。

広くて、他にも何組もの客が入っている。

半分は椅子席、半分は座敷。俺達はその座敷を占領する形で陣取っていた。

だが大学が近いから騒がしさには慣れているのか、遠巻きにはされるが文句を言う者はいない。それがまた一同の声を大きくする。

「ペース遅いぞ。まだ空けてないのか、俺なんかもう十杯目だぞ」

激しく背中を叩《たた》かれながら、辛《つら》いだけの好意を明るく押し付けられる。

随分頑張って付き合ったが、限界は近かった。

「先輩、篠森はそんなに強い方じゃないんです。もう許してやって下さい」

稲見のそんな言葉も、先刻からずっと無視し続けられていた。

なみなみとビールが注がれたジョッキが、また目の前へ押し出され、無理やり手に握らされる。

多分、これを飲んだら引っ繰り返るだろうな、と自分でもわかった。だがこういう席で先輩に勧められた酒を断るということが、どんな結果を生むか知り尽くしている身としては、我慢して口を付けるしかないのだ。

引っ繰り返ったら、池原先輩か稲見がタクシーにほうり込んでくれるだろう。後はなるようになれ、だ。

そう思って目を瞑《つむ》り、一気にそいつを片付けようとした時だった。

横合いから伸びた逞《たくま》しい腕がそのジョッキを俺から奪い取り、見たこともない大男が喉《のど》を鳴らして見る間にそいつを空けてゆく。

ゴクゴクと鳴る喉の音が聞こえるような飲みっぷり。

誰だ…?

男は中ジョッキのビールを全て空っぽにすると、くるりと振り返り、俺に酒を勧めていた先輩を見下ろした。

「酒っていうのはな、こうやって飲むんだよ。自分が飲まれてるのに他人に飲ませちゃダメだぜ」

「な…、何だと」

先輩は酒で赤らんでいた顔を更に赤くさせ、立ち上がった。

「あんた、どこのどいつだよ。他人の席にずかずか入り込んで」

「他人が見ててもみっともねぇから入って来たんだよ。どうだ、弱い人間に勧めるなんてちゃちなことしてねぇで、強いヤツと飲み比べちゃ」

「お前がその強いヤツだって言うのか」

「少なくともアンタよりはな」

ケンカになる。

一瞬そう思った。

自分がふらふらしていたから見ず知らずの人間にまで迷惑をかけた、と。

だが男はにっこりと笑うと、辺りに響き渡る大声で店員にオーダーをした。

「兄ちゃん、ビール二つ。ピッチャーでな」

ビールの量は小さい方から小ジョッキ、中ジョッキ、大ジョッキ、とある。ピッチャーというのはその上で、数人の人間が取り分けて飲むための容器のことだ。

それで飲み比べようというのだろうか。

「あの、俺は別に…」

慌ててとりなす俺の肩を摑《つか》んで男は笑った。

「誤解しないでくれ、俺がやりたいからやってることだ。こういう弱い人間ってのは、徹底的に潰《つぶ》してみないと潰される者の気持ちはわかんねぇのさ」

アルコールが入っている友人や先輩や他の人間達も、男の声にこちらを振り向く。

座敷中の視線が男と先輩に注がれる。

「さあ、どっちが飲むか、賭けてみないか。あんた達の代表はこっちの人でもいいし、他の人間でもいいぞ」

大きい男だった。

座って見上げていたから、余計にそう思ったのかもしれない。後で見直したらさほど身長差はなかった。

けれどその時は、とても大きな男だと思ったのだ。

周囲のひやかしと怒声を受けて、男は店員からピッチャーを受け取ると、立ったまままそこでそれに口を付けた。

分けて飲むのじゃない。一番大きな容器で飲み比べようという意味だったのだ。

いつの間に来たのか、男の友人らしい人間が俺の隣で小さく聞いて来た。

「大丈夫か？　気持ち悪い？　頭ぐらぐらする？」

「いいえ…」

「手足が冷たいとか、胸が苦しいとかは？」

「…少し胸がムカムカします…」

「吐き気がなければお茶もらって飲んどこうか」

「あの…」

「ん？　何？」

「あの人…」

「ああ、あいつ。大丈夫。酒はウワバミ以上に強いから」

今では顔も思い出せないその人の言葉通り、男は何度か途中で息継ぎはしたけれど、一度もテーブルに置くことはなくピッチャーを飲み干してしまった。

相手になった先輩も、引っ込みがつかなくなったのだろう。重いガラスの容器を持って口は付けたが、まだ三分の一も空いていない。

「どれ、そいつを貸しな」

男はその余りを奪い取ると、さっさとまた飲み干した。

どういう体内構造をしているんだろう。自分なら急性アル中で死んでるぞ。

怒る、と思っていた先輩はその様にあっけに取られ、周囲の人間も彼の飲みっぷりに拍手を送った。

まるで宴会芸を見せてるような鮮やかさ。

女にはわからないことかもしれないが、男というものはつまんないことで同性に尊敬の念を抱くものなのだ。プラモを作るのが上手いとか、マニアックなことを知ってるとか、酒が強いとか。

他愛もない長所が、男っぷりを上げる理由になる。

この時が正にその瞬間だった。

「すげぇ…」

酒好きで有名な先輩が最初の一声を上げた。

「あんた凄《すご》いなぁ」

「いいぞ、兄ちゃん」

負かされた先輩すら、子供のように丸い目で彼を見上げている。

「酒ってのはな、人それぞれ限度ってもんがあるんだ。飲めるヤツにはいくら勧めてもいいが、飲めない人間の限度はちゃんと見極めてやれよ」

これがマンガだったら彼の胸に『S』の字でも現れるところ、ギャグだったらそのまま彼も仰向けに引っ繰り返るところだろう。

だが、実際はそのどちらでもなかった。

男は相手にしていた先輩に、どうだまだやるかという顔をして見せ、ポケットから自分が飲んだビールの分の金を置いた。

「いいか、楽しい酒を飲めよ。救急車は呼ぶのも呼ばれるのもみっともないことなんだからな」

彼の締めのセリフにまた人々が沸き立つ。気が付けば、フロアで飲んでいた関係のない連中まで囃《はや》し立てている始末だった。

「おい、あんた」

その酒場のヒーローが、呆然《ぼうぜん》と見ていた俺に声を掛ける。

「は？　俺？」

突然降った声に驚いて顔を向ける。

「そうだよ。名前は？」

男は当然のように名前を聞いた。

さっきのパフォーマンスで毒気を抜かれていた俺は、答える必要もないのに自分の名を口にしてしまう。

「名前？　篠森です」

「よし、篠森。お前は俺達と一緒に来い」

「え？」

腕を取って引き立てられる。

「あの…」

「おい、あんた達。こいつは近所の医者まで連れてくけどいいか」

確かに、この場からは逃げた方がいいと自分でも思っていた。騒ぎが大きくなってしまった以上、残されればその騒乱の矛先は自分に来るだろう。

だが見ず知らずの人間に、いくら親切とはいえどこかへ連れて行かれるなんて。

「池原先輩」

慌てて先輩の名を呼ぶと、奥から髭《ひげ》だらけの見慣れた顔がすぐに姿を現してくれた。

「あ、じゃあ私も一緒に」

「あんたが池原？」

「そうです」

「それじゃ、あんたも一緒に行こうか。じゃあ、いい酒飲めよ」

先輩と俺を、まるで護送するかのように男とその友人が抱え込む。こちらが靴を履くのももどかしそうに、店を出る。

「あの、近くの病院ってどこへ…」

真っ暗で冷たい夜気の中へ出ると不安が増し、俺は聞いた。

「病院？」

男がさっき俺に具合を聞いたツレに振り向く。

「おい。この子ダメだって？」

「いや、大丈夫だってさ」

「じゃあいいんじゃないか、病院なんて行かなくても」

「え、でも…」

「ああ言った方があの男がビビるだろ。まあ、大丈夫ならこのまんま帰りな」

「え…?」

男は声を上げて笑った。

「俺は赤の他人だからな、お前さんが席を外してもあとであんたが『あの男が勝手に連れ出したから』って言い訳すれば問題にはならないだろう。酔っ払いってのは多少強引にしないと捕らえた獲物は放してくんないからな」

「じゃあ、俺のために…?」

その時、俺はかなり驚いた顔をしたのだと思う。すまなさそうな、情けない顔をしたのだと思う。

鏡はなかったけれど、俺を見た男が一瞬バカ笑いを止め、それから凄く優しそうに微笑《ほほえ》んだから。

「気にすんなよ。俺がしたかったことをしただけだから」

子供にするように、ポンと頭に置かれる重い手。

「そうそう、気にしないで。こいつバカ酒得意だから」

友達のフォローに、また笑顔が変わる。

「あ、テメー、溝口《みぞぐち》。人を何だと思ってやがる」

「ばか」

「何だと」

ふざけながら、俺達から遠ざかろうとするのはきっと気を遣わせないためだ。さっきの乱入が俺のためなら、これもきっと俺が礼を言ったりすまなさそうにするのを避けるためだ。

そう思ったら、咄嗟《とっさ》に手が出ていた。

「あの、もしよかったらお名前を…」

彼の厚い革のジャケットの裾《すそ》を子供みたいに摑んでいた。

「名前って、俺の？」

「だって、さっき俺のは聞いたでしょう。それならあなたのも教えて下さい」

彼はちょっと戸惑った顔をした。

それからまた微笑むでもなく、バカ笑いでもない笑顔を浮かべ、連れの友人にボールペンと紙を出させると、スラスラと何かを書き付けて寄越した。

「これが俺の名前。で、下が電話番号。ケータイのだから」

それが『倉木嶺』との出会いだった。

彼はそのますぐに友人と夜の闇に消えてしまい、自分も酔いが酷くてそのまま池原先輩と一緒に真っすぐ戻ってしまったが、二度目は俺から電話を入れた。

電話は留守電になっていて、『会ってお礼を』と言うのに妙に緊張したのを覚えている。

まだ店は開店していない頃だったから、平日の昼間に会って食事を奢って、少し話をした。

その時、倉木が俺を大学生だと思ってたことや、好みの顔だったから助け舟を出したのだということも教えてくれた。

三ヵ月間、俺はゆっくりと倉木に近づき、倉木もまたゆっくりと俺に近づいて来た。

セレクトショップの開店準備のために他人に頭を下げまくる毎日に疲れていたから、仕事と関係ない人間に会いたいと思っていたからかもしれない。

彼が自分とは全く性格の違う男で、話をするのが楽しかったからなのかも。

平日に呼び出しても現れることができる人間が、少なかったせいというのもあるだろう。

とにかく、俺は倉木を気に入って、自分から彼をよく誘い、彼の誘いにも必ずと言っていい程応じていた。

キスをしたのは出会って二ヵ月後、今から一月《ひとつき》前のことだ。

少し酔った俺を、どうしても送ると言ってきかない倉木をアパートの前で追い返すこともできず、部屋へ上げたのが失敗だった。

コーヒーを飲んで、最近観た映画の話をして、一瞬の間が空いた時、彼がポツリと言ったのだ。

「篠森、俺のことスキ？」

コーヒーのカップを、大きな手で上から掴むようにして持つ彼がカッコよく見えたのが酒のせいではないのはわかっていた。

　だから俺は『うん』と答えてしまった。

「俺のスキとは意味が違うんだろうけど、嬉しいな」

「何だよ、その言い方」

「初めて会った時から、真面目で健気なヤツだなと思ってた。こんな子が自分の側にいればいいのにって」

「側にいるじゃないか」

「うーん…。俺もお前も今なら酔っ払いってことで口にできるから言ってみるが。俺、篠森にキスしたいほど好きなんだけど」

　その一言に、俺は驚いた。

　突然『キス』という単語が出てきたことに、じゃない。

　そう言われてもあまり驚いていない自分に、驚いたのだ。

「したかったら…、してみればいいじゃないか」

　照れ隠しのように、酔っ払いのように、そっぽを向いて答えた返事。

　それを聞いた倉木は遠慮なんてせず、すぐに小さなテーブルを回って俺の隣に来た。

「後悔、するなよ」

「しないよ」

キスは、コーヒーの味がした。

最初は軽く唇が触れ合うだけのものだった。

キスするのは初めてじゃないから、そんなにドキドキすることもないだろうと思っていたのに、胸は高鳴った。

キスをするのも、手を触れるのも、相手によって変わるものなのだ。

セックス、セックスと最近の若い連中は身体ばっかり求め合って、本能みたいに快楽を求めるけど、本当の『恋の快感』っていうのはこういうものなんだと思う。

誰とでもできて、他のどんな人間でも何とも思わないようなことで、身体中に小さな痺《しび》れが走る。

それが何十回となくしてきた唇を合わせるだけのキスであろうと、感じてしまうように。

「ひょっとして、篠森も俺が好きだったりする？」

少しにやけた顔で笑うから、その顔にグーで軽いパンチをくれたのも覚えている。

それから、俺達は恋人になったのだ。

恋人なんだろうと、少なくとも俺は思っているのだ。

仕事が終わった夜に食事を一緒にしたり、休みの日には外でデートをしたり俺のアパートで何げない時間を過ごしたり。

キスを覚えた倉木が『恋人』という言葉をタテにその上を求めて来るようになっても、少しずつ、彼とならそういうことをしてみてもいいのではないかと思い始めている。

けれど、やっぱり最後の一歩が踏み出せないのは自分の方に問題があるのではない。彼の方に問題があるのだ。

仕事の都合だということで留守がちな倉木は、電話をかけても留守電。先日のように誰かに呼び出されては目の前から消えてゆく。仕事も何をしているのか教えてくれない。

倉木を好きになればなるだけ、不安が心の中に広がってゆく。

それをあいつはわかっているのだろうか。

強引で、自信家で、およそ心配とか不安など感じたことのないような男だから、きっとこちらの気持ちはわからないだろう。

けれど、自分はそうではない。

恋の相手が男であるということは勇気のいることなのだ。

多分、性格や体格からいって、俺と倉木では自分の方が女性の役をやることになるだろう。

誰かを抱くのではなく誰かに抱かれるということを考えると顔が熱くなってしまうほど恥ずかしい。

その恥ずかしさを越えるためには、自分に手を触れる相手は、自分でなければダメだと思うほど強く思っていてくれなくてはいやなのだ。

もしも…。

もしも、倉木が自分だけを一番に愛してくれていて、命を懸けるほどとは言わないけれど、あの強い性格の全てで自分を愛してくれているとわかれば、彼の望むことをしてやってもいいと思っている。

けれど、まだそれは先の話なのだ。

「先でも、そんな日がくればいいけどな…」


「来週の水曜日、店長の誕生日なんですね」

店を開けてすぐ、アクセサリーが入っているショウケースを磨いていたアルバイトの森《もり》さんが声を掛けてきた。

「よく知ってるね」

開店は午前十時。

シャッターを上げたガラスの壁面からは明るい日差しが降り注いでいる。

「ほら、この間星占いするからって教えてもらったじゃないですか」

「ああ、そうか」

この店では現在この森さんを含めて三人のアルバイトを使っている。

とはいえ、さして広い店ではないから三人が一遍に出勤するほどではなく、常勤は自分一人。あとはそれぞれ日変わりで、だ。

「誕生日のパーティとかやりませんか？　他の曜日の人も誘って。私、他の人にも会ってみたいと思ってたんです」

この森さんはまだ大学生。

ショートカットの明るく物おじしない性格だが、ちょっと落ち着きがない。

「誕生日パーティ？　この年で？」

あとの二人は近所の主婦と服飾関係の専門学校生の男の子。それぞれが二日ずつ、だ。

「この年ってほど年寄りじゃないでしょう。お食事会みたいなのでいいですから」

「懇親会ならやってもいいけど、自分の誕生パーティっていうのはなぁ」

「だって、再来週からはセールやるんでしょう。だったらその前にちょっと息抜きしませんか」

「普通そういうのは後だろう」

「後だと理由がないじゃないですか」

違うと言ってもたった六年か七年だろうに、やっぱり若い人にはついていけないという気もする。

それとも男と女の差なのかな。

「そうだね、考えとくよ」

俺が学生の時代には雇い主に何か要求をするなんて考えられなかったものだが、今は違うんだな。

「店長。カウンターのとこに回覧板来てましたから見といて下さい。後で私が隣に持って行きます」

「はい、はい」

「返事は一つですよ」

道路から二段だけ階段を降りて入るガラスの入り口は少し大きめ。道に面した壁は全てガラスで、外を通る人から店の一番奥まで見えるようすっきりとしたレイアウト。

買わなくても見て行ってくれればいいと思うからそんなふうに作った。

これは俺のアイディアだ。

女性達は店員がピッタリくっつく店を嫌うというのは調査済み。

床や棚に木を使い、アンティークな雰囲気を壊さないように。調度品がもろアンティークなのは池原さんの好み。

その池原さんは今頃奥様とフランスで洋服の買い付け兼旅行だろう。

「ここらで不審火が多いそうですね」

テーブルタイプのアクセサリーケースを磨き終わった森さんは、レジカウンターで伝票を整理している俺の所へ来ると、さっき彼女が言っていた回覧板をバンッ、と伝票の上へ置いた。

「何？」

見て下さい、という強い意思表示だ。

「ここです、ほら」

厭味《いやみ》ではない程度にネイルアートの施された細い指が、クリップで留められた紙束の一番上に躍る大きな文字を示す。

そこには『注意』と大きく書いてあった。

「今月に入って四件の放火と見られる不審火が発生、各家庭で戸締まりと火の始末を、って書いてあるでしょう」

「ああ」

「この中の一件、裏の『ロレーヌ』さんとこなんですよ」

「『ロレーヌ』って、森さんがいっつもランチ食べてるレストラン？」

俺は頭の中で南仏料理と看板を出している小さなレストランを思い浮かべた。俺も一度入ったことがあるが、年配のコックがいる美味《おい》しい店だ。

「そうなんです。何だか停めてあった買い物用の自転車のサドルのとこに火が点いたらしいですよ」

ひょっとして、倉木が言っていた『最近こっちの方が物騒』っていうのはこのことかな。

「へえ、建物の方は？」

「少し外壁が焦げたって言ってました。だから、ウチも気をつけないと」

「森さん、火事嫌いなの？」

「好きな人はいませんよ。って言うか、無差別放火魔ってチカンと同じくらいムカつきません？」

「まあねえ」

「不審な人を見かけたら、すぐに通報しなきゃダメですよ。ほら、例えばあそこから見てる男みたいな」

「男？」

森さんは右の肩越しに顎《あご》をしゃくると、道路の方を示した。

つられて目を向けると、確かに道路から店の中を窺《うかが》うスーツ姿の男が見える。

「こんな早い時間に男の人が、しかもスーツでこんな店を覗き込むなんて変じゃないですか」

だが、俺は彼女の言葉を聞いて失笑した。

「名探偵森洋子《ようこ》はあんまりいい推理をしないみたいだね。あれは放火犯じゃないよ」

俺はカウンターをぐるりと回ると、外に立っている人物が目的のものを見つけられるように戸口へ向かった。

案の定、男は目的のもの、つまり俺を見つけると安堵《あんど》したような表情で近寄って来る。

「紹介してあげるよ、俺の友人だ」

こちらからガラス戸を引いて中へ招き入れる。森さんの言う不審人物は、友人の稲見だった。

「よう、稲見」

十時、という時間に一番似つかわしい挨拶と言われた短い一言を投げかける。

「よかった、篠森がいて」

穏やかな顔立ちに少し長めの髪をきちんと整えたスーツ姿。

「それはいるさ、これでも一応店長だから。森さん、彼は一流会社のサラリーマン、稲見。稲見、こちらはアルバイトの学生さんで森さん」

どちらもがまるで見合いのように探る視線を合わせ頭を下げる。

「こんな時間に現れるから、お前、不審人物扱いされてたぞ」

「そんな、店長」

稲見は照れたように頭を掻《か》くと、照れたように笑った。

「不審人物ですか」

「いえ、違います。ただこっちの方で放火が多いって話をしてただけなんです。私、外掃いて来ます」

森さんはペコンと頭を下げるとその場から逃げるように出て去って行った。

「で、稲見。本当にこんな時間にどうした。会社は?」

稲見は外から姿を見られるのが恥ずかしいのか、俺を伴って店の奥へ進んだ。

「いや、今度こっちに営業先が移ってさ。ここから五分くらい行ったとこなんだ。それで、お前の店が近いなぁと思って」

「見に来てくれたのか」

「ああ。この時間ならまだ女性客も少ないだろうと思って」

この稲見とは大学の同期で、専攻も一緒だった。人当たりもよい彼は卒業してからも行き来のある友人の一人だ。

「池原先輩は店に出ないのか?」

「あの人は仕入れ。結婚しようが商売やろうが相変わらず放浪してるよ」

「先輩らしいな」

顔を見合わせてふっ、と笑う。

こういう穏やかな友人関係にほっとするのは、最近一番自分の頭の中でのさばっている男が強引な男だからだ。

「すぐ行くんじゃないんだろう? 何だったらお茶でも飲むか?」

「だって、お前店開けたばかりだろう」

「うん、でもこの時間はまだ客も来ないから。折角来てくれたんだしそれくらいは森さんも許してくれるだろう」

「じゃ、コーヒー一杯くらいごちそうになるかな。ついでに営業しようかな」

「何？」

「新型の複合機。Ｌモード付きってヤツ。パンフ置かせてもらえればお茶も立派な営業になる」

「いいよ、それくらい。じゃあ森さんに言ってくる」

すぐにでも店を出るかと思ったが、稲見はその前にとじっくり店内を見て回った。

この男の、こういう所が好きだ。友人としてだけれど。

丁寧で、優しくて、相手のことをよく考えてくれる。

そういえば、倉木と出会った飲み会の時、こいつだけが先輩を止めてくれたっけ。

まるで彼女の買い物を吟味するかのように店内を見て回った後、稲見はいい店だなと言ってくれた。

開店してから三ヵ月も経つというのに、男友達の中でここへ足を運んでくれたのはこいつが初めてだ、倉木は別として。その初めての男友達の褒め言葉に、俺は少し喜んだ。

連れ立って、隣のビルにある洒落た喫茶店に入る。

ここも奥様族に評判のいい雰囲気のある店で、男二人が入るのには多少抵抗があった。

窓辺のテーブル席に俺と稲見、カウンターには女店主の友人らしい奥様が二人。後は誰もいない静かな店内。

「お前が客商売をやるなんて思わなかったな」

ロイヤルコペンハーゲンのホワイトレースのカップに注がれたコーヒーに、おっかなびっくり口を付けて稲見が言った。

「そうかな」

俺はそれより口の広いティーカップで紅茶をすする。

「ああ。クールビューティとまではいかないが、そんなに社交的だと思っていなかったから」

「何だよ、その『クールビューティ』っていうの」

「篠森は奇麗だったたよ。女子も騒いでたじゃないか、いつも結構囲まれてて」

「単に話しやすいだけだろう」

「顎も細いし、色も白いし。スーツを着るとやっぱりちょっと男っぽいけど」

「女っぽいってことか」

「そうじゃないさ。ただ、その…。整った顔立ちだってことさ。きっと客受けもいいんだろうな、心配だよ」

「心配って」

稲見は口を『へ』の字に曲げて肩を上げた。

「うん、まあ…、奥さん連中って押しが強いから負けちゃうんじゃないかと」

「ああ、そういうことか。それはね、女って強いなぁと思うよ。結婚しちゃうと特にそうなのかな」

「会社でも、女子社員の強さには閉口するよ。俺はあんまり女性が得手じゃないんだなあって痛感したな」

「そうなのか？」

稲見はこちらを見て軽くタメ息をついた。

「ああ。一人寿退社するともうダメだな、みんな一斉に化粧して男を漁ってるって感じがして。自分達は気づかれてないと思ってるだろうが、男の前と女の前とで態度が違ってるのを見るとげんなりするよ」

自分も前の会社で少しは覚えがある。だが、稲見のような一流企業ともなると、女子社員の花婿選びはもっとキツイものがあるのだろう。

みんながみんなそうだとは思えないが、多分その中でも一番キツイ場所に行ってしまったに違いない。

「ひょっとして、お前の部署って若い独身男多い？」

こちらの言わんとすることがわかったのか、彼はその通りというように重たく頷《うなず》いた。

「既婚者の三倍は独身だね、しかも営業だから若いのがごろごろ」

「そりゃご苦労様だ。稲見は恋人とかいないのか？」

いればそんな女性陣を気にしなくてもいいだろうという意味でのセリフだった。

けれど何故か彼は少し驚いたように表情を硬くした。

「何故」

その表情にこちらが驚いてしまう。

「何故って、彼女がいますって言えば女性のアタックが減るだろうと思って」

「ああ、そういう意味。別に、わざわざそんな嘘を言って回るほど自惚《うぬぼ》れてはいないよ」

『そんな嘘』ということは彼には恋人はいないということだろう。ひょっとして、恋人がいないことを気にしているんだろうか。

「なあ、篠森。またこっちへ来たら寄ってもいいかな」

「え？　ああ、もちろん」

「今度は何か持って来るよ。来週お前、誕生日だろ」

稲見の顔に笑みが戻る。

会社で何か辛いことでもあったのかな。

「よく覚えてるな」

「そういうの、手帳につけるクセがついてるんだ、営業だから」

「ああそうか」

「どうだ、来週一緒に飲みに行かないか？　お祝いしてやるよ」

「それ、さっきバイトの子にも言われたよ。でもどうかな、仕事の都合次第だな」

「そうか。じゃあまたその頃電話するよ。ケータイの方がいいんだよな」

「うん。セールが近いんで泊まり込みとかしてるかもしれないから」

「この時期にセール？」

「商店街の方がそうなんで便乗さ。池原さんがごっそり荷物送ってくるから、それを仕分けするんだ」

「そうか、そっちも大変そうだな」

「仕事に楽なものはないよ」

「全くだ」

そう言って笑う稲見の顔には、一瞬だけ過《よぎ》った硬い表情はもうどこにもなかった。

その後も少しだけ話をして、彼は立ち上がった。

どうしても午前中に顔を出しておかなきゃならない所があるからと言って。

喫茶店の前で手を振ってその背中を見送りながら、俺は全く別のことを考えていた。

俺は倉木に自分の誕生日の話をしただろうか。

もし誕生日を一緒に過ごしたいと言ったら、彼は俺のところへ来てくれるだろうか。

彼がどんな仕事をしているかはわからないが、二十四時間勤務ってことはないだろう。いや、もし二十四時間勤務だったとしても、その前後でもいいのだ。誕生日というイベントを利用して、一日彼を独占したい。

姿の見えない『誰か』から、今度はこっちが倉木を呼び出してみたい。

案外自分も独占欲があったんだ。

それに気づいて思わず苦笑した。

「さて、その前に仕事、仕事」

店の中には、ほっそりとした女性が森さんを相手に談笑していた。

「いらっしゃいませ」

と挨拶しながら店に入り、俺は自分の考えを消して仕事用の頭に切り替えた。

会わない時くらい、自分一人の時間を作ろうとして。

そうでなければ、倉木がいないことを寂しいと感じてしまうであろう自分を知っていたから。


『二十六日は俺の誕生日なんで、よかったらその前に会える日があれば連絡下さい。一緒に食事でもしよう』

そう短く入れたメールへの返事が来たのは二日経ってからだった。

バイトを帰して一人残る店。在庫置き場になっている二階の事務室に耳慣れたケータイの着メロが鳴り響く。

山積みにされたダンボール箱の谷間の小さな机に向かって電卓を叩いていた俺は、待ち受け画面に浮かんだ電話番号を見て、少し顔をほころばせた。

もっと早く連絡して来いよ、と思うけれど嬉しいことは否定しない。

「はい、篠森」

電話の向こうからは、倉木の声。

『今どこにいる?』

俺だとも言わない。

こっちがわかってると思ってるんだな。

「まだ店だよ。仕事してる。そっちは」

『アパート、今起きたとこだ』

「今?」

『ああ。まだそっちにいるなら一緒にメシでも食うか?』

「これから来ても遅いだろう」

『ああ、まあ。じゃあ明日の朝は』

「ダメだな。明日も店があるんだから」

『開店は十時だろ』

「十時に開店だから十時に入ればいいってもんじゃないんだ」

全く、本当にいつも勝手な男なんだから。

「それより伝言聞いてくれたか。どうだ、来週の都合」

倉木はちょっと考えるように言葉をなくした。

『…月曜なら何とかなるかもしれないが…。わかんねぇな、確約できないんだ』

「休みの日くらいあるだろ」

『あるにはあるが、今仕事が忙しいんだよ』

「仕事って何やってるんだ。もうそろそろ教えてくれてもいいだろう」

だが倉木はまたそこで一瞬の間を空けた。

『ヒミツだ。男は秘密がある方が魅力があるからな』

何をくだらないことを。

「あんまり秘密が多いと不安にもなる」

『不安なのか』

「…ってほどじゃないが、仕事くらいは知りたいよ」

『じゃ、いつか教えてやる。他人じゃなくなったら』

「…言いたくないならいいよ。とにかく、今日はダメだ。まだ一時間くらいこっちにいるから」

会いたい。

本当はすぐにでも会いたい。

こんな伝票整理なんか止めて、飛び出して行きたい。

けれど自分の仕事もきちんとできない人間に倉木が心を傾けるとも思えないし、自分のプライドもある。

『じゃあテレホンセックスでもするか』

「ばか」

『今、隣に俺がいるって想像してみろよ』

「切るぞ」

倉木は電話の向こうで小さくブーイングした。

けれどそんなの、知ったことか。この男の言葉通りにしていたら振り回される一方だとわかっているのだから。

『待てよ。もうちょっとしたら何とか時間作るから』

「都合悪いんならいいんだ。ちょっと言ってみただけだから。この年になって誕生日もないからな、気にするな」

もちろん、いくらかの厭味をこめた口調で言ったのだ。少しばかり怒った自分の態度に倉木がどう出るかが知りたくて。

いつも豪快にまくしたてる男の沈黙。

それでも少しは俺のことを考えてくれているのだろう。

けれど一体何と俺を比べているのだろう。

「倉木？」

彼は電話口で小さく呻《うめ》いた。

『わかった。何とか都合をつける。来週の月曜、お前の仕事が終わるくらいに迎えに行くからメシでも食おう』

「無理して来ていただかなくてもいいんだぞ」

『いじめるなよ。行きたいから行くんだよ。誕生日がどうこうっていうんじゃなく、お前が会いたいって言ってくれてるからな』

単純な自分。

たったそれだけの言葉で喜んでしまう。

ここに倉木がいなくてよかった。もし今の自分の嬉しそうな顔を見たら、きっとまたこの男は付け上がるだろう。

「わかった。じゃあ今度こそ本当に切るぞ。いつまでもだらだら話していると仕事が終わらない」

『ん、じゃあ頑張れよ』

「そっちもな」

ボタンを押して、電波で届いていた倉木の気配を消す。

飾り気のない部屋。一階の店と違い白い床と灰色のスチールの棚、ブロックのように積まれたダンボールの商品。

白々しいほどぽっかりと明るい蛍光灯に照らされ、取り残された感の強い事務室は、少し胸を締め付ける。

一人でいることを寂しいと思うのは、『一人』だからではない。

『二人』になりたい相手がいないからだ。

短い用件だけの電話であっても、強い存在感を示す人が、現実にはここにいないからだ。

「『今、隣に俺がいるって想像してみろよ』か…」

もし今自分の隣にお前がいたら、山ほど愚痴ってやるよ。

どうしてこんなに俺を切なくさせるのかと罵《のの》ってやる。

『好きだ』と言うだけでは気持ちを交わしたことにはならないんだぞ。相手の望むことを少しは叶えてやろうという努力と誠意を見せることが愛情表現なんだ。

俺がお前を好きだという証は、お前が俺に会いに来ないことや、デートの最中に姿を消すことを容認してやってることだ。お前が俺に愛情を示す気があるなら、今すぐにでも飛んで来てみろ。

そんなことがあるはずがない、できるわけがないとわかっているから、口には出さない。

けれど心の中で思うくらいは勝手だろう。

恋愛っていうのは、どうしてこんなにままならないものなのだろう。

どうせ男を好きになるなら、もっと優しい男を好きになればよかった。俺のことを甘やかしてくれる人間だったら、この恋はもっと喜びに満ちたものだったろう。落とす影もなく、普通に信じることができただろう。

けれど仕方がない。

理屈やタイプで人を好きになるなら、それこそ男を好きになる必要もないのだ。

倉木だから好き。

彼だから会いたいと思う。

彼だから、会えないことが切ない。

現実はそれでしかないのだ。

「さて、あと一時間で片付けるか」

わがままを言えるほど子供ではないから、俺は仕事に戻った。

今は仕事だけが心の隙間を埋めてくれる、そう思って。

けれど少しは俺も倉木に愛されているのかもしれない。

合わなかった日計表をやっと何とかまとめてアパートに戻った俺の目に、缶コーヒーを大事そうに抱えながらバイクに寄りかかっている男の姿が映った時、少しだけ俺はそう自惚れた。

「オジョーサン、メシまだならタンデムしない？」

彼には彼の理由があって、席を外すだけなのかもしれない。

この男なりの愛し方で、精一杯俺を愛してくれているのかもしれない。

「何がオジョーサンだ。ばか者が」

自分が求めてる形を示してくれなければ、それは愛じゃないと思うやり方では、幸せになれるワケがない。

彼が言ってくれてることを信じて、もう少し素直になった方がいいかもしれない。

「この寒いのにタンデムなんかするか。ラーメンくらいなら作るから、さっさと上がって来い」

冷たい彼の手を取って部屋へ向かいながら、この時はそう思った。

自分が倉木を好きなんだから、それでもいいだろうと。

「ラーメンより先に少しキスとかしないか？」

「外でそんなことしません」

「じゃ、中で」

「…ほら、早く来い」

俺を背中から抱く腕の重みに流されて。

いつも少し忙しい日曜日には、客の他にも来客があって思うように仕事ができなかった。

来客は町内会の人で、話題は今度の商店街のセールについての説明とポスターの配布のことだ。

地域密着型の方が何かと都合がいいだろうというオーナーの一言で、ウチは商店街から離れているが、一応という形で籍をおかせてもらっているのだ。

賃貸ではなくここが池原の持ちビルで、いっつも日本にいない池原夫妻の住居がここの三階なので、町内会にも入っていた。

「ポスターを見えるところに貼っといて下さい。それが参加の印みたいなもんですから。それと、最近シャッターにペンキでイタズラ描きをする若者が増えてるんで、見回りをやろうかということになってるんですよ」

自分の父親ほども年かさのお茶屋の主人はそう言って俺をつらっと見上げた。

「そちらさんは若いから、できれば参加していただけるとありがたいんですが。まあ確か篠森さんは通いでしたね。それじゃあ無理かな」

厭味というよりも、残念だという響きのある言葉。

ここいらは新しく奇麗な店が増えたが、そういう連中が商店街の集まりに参加をするとは思えない。多分若い人の手が足りないのだろう。

「毎日ってわけにはいかないですけど、ここいらは最近放火騒ぎもあるって聞きますし、できるだけご協力しますよ。決まったらぜひご連絡下さい」

だからそう言った。

それはそんなに凄いことではないだろうにひどく喜ばれ、くすぐったかった。

本当は倉木に火曜に来て欲しいと思っていた。

立ち仕事なのだから休日には休まなければいけないと決めていたけれど、夜だけしか一緒にいられないというのも寂しいと思ったから。

だが自分から泊まりがけで一緒にという言葉は出なかった。

男同士なんだから『今夜泊まるか』くらいさらりと言ってもおかしくないのに、所詮《しょせん》は恋をしているバカな男だから、妙に意識してその一言が言えなかったのだ。

夕方、ポスターを貼るために店の外へ出た時、遠くで消防のサイレンを聞いた。

夕暮れ時に聞くと何か郷愁を感じて寂しくなる音だ。

そして何故か、自分の心の中にも、その音が鳴っているような気がした。警戒するようなことなどないはずなのに、恐れるものなどないはずなのに。

口に出して素直に言えない言葉があるから、不安なのだろうか。

『俺のこと、何より最優先にして』って言えないからいつまでも子供のようにグズッているのだろうか。

仕事と恋は比べられないけれど、どちらかを天秤《てんびん》にかけて手を抜くことはして欲しくないと思うのは、わがままなんだろうか。

自分で思っているよりも、自分が可愛《かわい》い性格なのかも、と思うのはこういう時だ。

今まで、特にそんなにドキドキしたり不安になったりと感情の起伏を激しくした覚えはなかった。

稲見のいうクールビューティなんてものじゃないが、確かに大声ではしゃいだり人前で不安げな顔をすることはなかったと思う。

かかってこない電話を見つめてタメ息をついたり、二人で出掛ける先をチョイスするためにガイド雑誌を買う俺を見たら、学生時代の友人達はさぞ驚くだろう。

翌月曜日、倉木と会う当日に朝からそわそわしている自分に気づくと、その思いは余計強くなった。

「あれ、店長。今日はいいシャツ着てますね」

バイトの男の子に指摘されて少しドキッとする。

「ああ、店の商品なんだ。この間オーナーが送って来た中に男女兼用のがあって」

それは本当。

「へえ、いいな。俺も着てみたいな」

「いいよ。セールの在庫開ける時に見ておいてあげるよ」

今日のバイトが男の子でよかった。

これが森さん辺りだったら突っ込まれるところだ。

倉木と会うために、服を選ぶ自分にも苦笑する。

服を売る商売だから余計思うのかもしれないが、やっぱり人は外見じゃないというけれど外見も大切なのだ。

自分は可愛い女の子じゃない。

セックスアピールのある身体を持っているわけでもない。

顔はまあ女顔だし、顎も広くないし、髭は生えない方だし、それでよく先輩達にもからかわれたものだ。けれど今になるとそんな体質でよかった。

「店長色が白いからブルーが合いますよね」

「仮にも未来のデザイナーから言われると嬉しいね」

「まだ学生ですよ」

「だから『未来の』だろ」

動いている間に皺《しわ》になってしまうだろうか、どうせなら朝からじゃなく会う寸前に着替えればよかっただろうか。

顔を出す馴染みの奥様達にも評判はよく、少し変な自信がついてしまう。

約束では待ち合わせの場所を電話すると言ったクセに、倉木は閉店の九時少し前に突然店に現れた。

「電話する暇がなくて悪かった」

と言いながら、ぺこりと頭を下げる。

少し疲れた顔をしているところを見ると、彼の『都合が悪い』は仕事だったようだ。

「いや、いいよ。それよりお腹空いただろ。岩松《いわまつ》くん、もう終わりにするから先に帰っていいよ」

倉木は新しいシャツに気づいてくれるだろうか。何か言ってくれるだろうか。

「じゃあ、お先に失礼します」

けれどバイトの子を帰して二人っきりになっても、倉木は俺を見ようともしなかった。

「シャッター閉めて来るから、待っててくれ」

と言っても店内をじろじろと見回すばかりだった。

「初めて来たわけでもないのに」

店の外にはいつも倉木が乗ってるバイクの姿はなかった。歩いて来たのか。

悪かったかな、自分の勝手で疲れてるところを呼び出して。

「倉木、何だったら外で軽く食事をして終わりにするか？」

気を遣ってそう言うと、彼は振り向いて笑った。

「いや、せっかくのお前の誕生日なんだから一晩ゆっくり楽しもうぜ」

「何だよ、その一晩っていうのは」

「泊めてくれって言ってるのさ。今日は疲れてて家に帰るのもおっくうなんだ」

それが作戦なのだとしても、俺は断れなかった。

彼が自分を求めていると言ってくれる言葉を、簡単に拒絶などできなかったのだ。

「それは奢ってくれる食事次第だな」

「何だ、やっぱり俺が奢るのか」

「別にいやならいいよ」

「いや、奢らせていただきます。もっとも、俺が行くような店だからご希望に添えるかどうかはわからないけどな」

「一流レストランに招待されるとは思ってないから安心しろ」

よかった。

これで帰ると言われたら少し悲しくなってしまうところだった。

「そのシャツ、いい色だな。似合ってるぜ」

欲しかった言葉をもらえることが、プレゼントの品を差し出されるよりも嬉しい。

「店の商品を試着してるだけだ」

見つけてすぐに別分けにしておいてよかった。

「なあ、篠森」

低い声は急に真面目な響きを帯びる。

誰もいない店内。シャッターも下ろしてしまったから人に見られることもない。自分達がそんな場所にいることにふっと気がついてドキリとする。

「何だよ、急に」

俺よりも大きな身体は背後から回り込んで首を絞めるように腕を回す。

「裏口に積んである空のダンボール、中へ入れとけよ。近所迷惑だぞ。それに、今時はこういう燃え草見ると火を点けたがるバカもいるしな」

例の放火事件のことか。

「…セール前で今忙しかったんだよ。帰りにしまっておこうと思ってたんだ」

なんだそんなことか…。

「そんならいいけど」

「お前に言われなくても、そういうことはキチンとしてます」

「そりゃそうだな。お前の部屋はいつも奇麗に片付いてるもんな」

注意をするためだけに声を掛けたのかと思って気を抜いた途端、倉木はもう一方の手も腰に回して来てぐっと俺を抱き締めた。

「こら」

気を抜いていたせいでより強く感じる彼の熱。

「いいじゃねぇか。誰が見てるわけでもないし」

本当にこういうことが上手い男だ。もしかしたら慣れてるのかもしれない。

「ここは俺の神聖な職場なの」

考えて自分で落ち込む。

そうだよな、自分だってこの年まで一人でいたわけじゃない。倉木のような精力的な男が一度も恋人を持ったことがないはずはないじゃないか。

そしてこの年の男だ、一度も人を抱いたことがないということもないだろう。

「じゃあキスだけ」

その『誰か』にもこんなふうにキスをねだったのだろうか。

「ダメ。お前だって仕事場で女とイチャついたことなんかないだろう」

少しばかりの皮肉をこめて言ってみる。

倉木はその意味に気づかず『それはそうだけど』と呟《つぶや》いただけだった。

「ほら、後片付けさせないと、いつまでも食事に行けないぞ」

「はい、はい。篠森のそういうカタイところは嫌いじゃないからな、我慢するよ。じゃ、俺は外のダンボールしまって来てやる」

「いいよ、そんなの」

「さっきしまうって言ってただろ。その間に中のことやっとけよ」

離れる身体が名残惜しい。

けれどそれを口には出さない。

「…部屋へ戻ったらキスくらいさせてやるよ」

と言うのがやっとだ。

そう、今日は部屋へ戻ったら、少しだけ勇気を出して自分が今抱えてる不安をそのまま口にしてみようか。

ふいにいなくなるのが嫌だとか、知らないことが多いのが嫌だとか。ちゃんと口にすれば相手は倉木なのだからちゃんと答えてくれるかもしれない。

それでも答えてくれなかったら…。その時はちゃんと怒ればいいさ。話し合うこともできない恋人同士ではキス以上になんか進めないんだぞ、と。

「篠森、あれだったらこっからタクシー乗って…」

和みかけていた。

勇気を出してみようと思っていた。

倉木だって、疲れているかもしれないが、今夜は俺と一緒に過ごそうと決めてくれていただろう。

なのにどうしてこんな時にその音は聞こえて来るのだろう。

　言いかけた言葉を切って、倉木の手がポケットから音の元を取り出す。包まれていた布から開放された音は急に店内一杯に広がった。

　どうして、こいつの呼び出しはいつもメールなのだろう。せめて通話なら…。

　通話なら、何を話しているか、どうして呼ばれているか、漏れ聞こえる会話で察することもできるのに。

　メールでは、そこで何が伝えられているかまったくわからないから不安も倍増してしまう。

「篠森…」

　真剣な視線でケータイを見ていた倉木が顔を上げてこちらを見た。

「…行くのか?」

　何も言わなくてもわかる。

　その音が鳴って、お前が俺の元に残ったことなどないのだから。

「ごめん」

　それでも『いや、今日はいいんだ』という言葉を期待している自分がおかしい。

「すぐに行かなくちゃならないんだ」

「俺が行かないでって言っても?」

　あんまりにも簡単に去ることを肯定するから、そう言ってみたくなった。

「篠森」

「俺が『頼むから』を付けて残って欲しいと言っても？」

倉木は答えなかった。

「もし、行かないでいてくれたら、今夜はお前の好きにさせてやると言っても、それでも行くか？」

倉木は、一瞬困ったような顔をして俺を見た。

バカな話だ。

これではもう『女のような』じゃなく『子供のような』駄々のこねかたじゃないか。

「悪かった…。嘘だよ、いいよ。行けよ、急用なんだろ」

「ああ、仕事なんだ」

彼が、メールの呼び出し理由を初めて『仕事』と明言した、それだけでいいじゃないか。

「仕事なら仕方がないよな、男ってのはそういうもんだし」

震えそうになる声を、精一杯明るくつくって背を向ける。

「篠森」

見られたくない。

きっと今、自分は嫌な顔をしている。

「その代わり、今度はその辺の店じゃ許さないぞ。そうだな、銀座《ぎんざ》に行きたかった店があるんだ。少し高いけどそこへでも連れてってもらおうかな」

なのに倉木は歩み寄って背後から俺の顎をとり自分の方へ向かせようとした。

棚の商品を片付けるのに邪魔だというふりをしてその腕を払う。

「友弥」

本当に、こんなことばかり上手い。

下の名前でなんて、呼んだことなどなかったのに。そうすれば俺が喜ぶとわかっているのだ。

強引に振り向かされ、強く抱き締められる身体。続く有無を言わさぬ激しい口づけ。

吸い付くようにぴったりと唇が合わさり、時間を惜しむように荒々しく舌が動く。

けれどそれさえ詫びの言葉の代わりのようで、いつもなら嬉しいはずのキスに悲しくなってしまう。

「スマン」

離れた後、小さな声が呟いた。

抑揚のないその短い言葉が、捨てられたようで辛かった。

それ以上の言い訳も説明もないまま、倉木が出てゆく。

走るようにテンポの速い足音が遠ざかる。

実際走っていったのだろう。

見送ることもできず呆然と突っ立ったままの自分は、彼の背中を見ることもしなかったが、
裏口のドアは大きな音を立てて閉まったから。

せめてもの男のプライド。

悲しくなんかない、さっき言ったセリフは何かの間違いなんだというように、俺はドアが閉じる前に大きな声でこう言った。

「気をつけてな！」

何に気をつけるというのかわかりもしないのに。

「ああ」

後に残るのはそんな小さな返事と共にポツリと残された自分だけ。

これは単に気分の問題だ。

本当にそうなったわけではない。

けれどどうしても、その寂しい気分は拭うことはできなかった。

今一番一緒にいたい人が駆け去って行ったこの場所では…。

それでも、突然の予約のキャンセルで落ち込んでしまっただけで、自分が考えるほど今の状態が悪い状態ではないのだと思っていた。

彼は自分のために時間を作ってくれるし、昨夜だって仕事だと元から言っていたのを無理をして来てくれたではないか。

戻る時、ちゃんと仕事だと言ってくれたではないか。

仕事が何であるか教えてくれないだけのことにいつまでもぐちぐちと拘《こだわ》っている自分の方が悪いのだ。

あの男のことだ、ひょっとしてあまり人に言えないようなアヤシイ仕事をしてるのかもしれない。それを恥じて口にできないだけかもしれない。

彼がどんな仕事についていようと、自分には関係ないと思っているのだけれど、それをあいつがわかっていないだけかも。

ゆっくりと一人になって考えればいつもすぐに冷静になれるのに、一つ考えごとをするとそれに追い詰められてしまう。

いつものことだ。

翌日は定休日なんだから、一日寝ていれば頭も冷える。

けれど日曜日に時間を取られ、昨日は倉木《くらき》との食事に心を奪われていたせいで、まだまだセール用の仕事は残っている。どうやらゆっくり眠っている暇などないようだった。

せめて朝寝坊を楽しんでから、仕方なく午後から店へ出ることにして電車に乗る。

駅へ到着した頃、ようやく動き出した胃袋が合図を送るから、気分を変えるためふらふらといつもとは違う道を選んで新しい食事の店を探す。

取《と》り敢《あ》えず、店に着いたら池原《いけはら》さんが送って来たダンボールを開けて、ジャケットを吊るして皺《しわ》をとっておこう。

安売りする予定のインナーに価格のタグを付けて、袋詰めの準備もしておかなくては。

やっぱり多少センスはなくても『セール』の札を買っといた方がいいだろうか。それだったら浅草橋《あさくさばし》辺りにディスプレイを買いに行かないと。

それとも、日曜に貰《もら》ったポスターの袋の中に入っていたかな?

そんなことを考えながら表通りをぶらぶらとした。

季節はいい頃。

風が強いが日差しは柔らかい。

「確か森《もり》さんが新しいレストランができたって言ってたな」

店のある場所より駅から離れたところに、大きなイタリアンレストランができたと言っていた。

「一応行ってみるか。そういうところへ行っておくと、お客さんとの会話がスムーズになるだろうし」

単にそれだけの理由で、俺は彼女の言葉一つを頼りにその店を目指した。

最近できたばかりのマンションの一階全てを使った大きな店。入り口はレンガの階段があり、周囲には中が見えないように花が置かれ、植木が植わっている。

確かに女性が好きそうな店だ。

だが、客の入り具合を見るため外からひょいっと中を覗《のぞ》いた俺は、そこにこの店には似つかわしくない男の姿を見つけて凍りついた。

こんな時間に、こんな場所に、いるはずのない者の姿。

「…倉木…」

相変わらず革のジャケットを羽織り、椅子《いす》に大きくもたれるようにしてタバコをふかしているのは、間違えようもない自分の恋人。

けれど、その恋人の前には見たこともない女性が座っている。

急に、酸素が薄くなったように呼吸が苦しくなった。

「いらっしゃいませ」

夢遊病のように不確かな足取りで入る店。

案内の女性より先に歩き、植木で仕切られている席へ向かう。倉木の声が聞こえ、自分の姿が見られないテーブルへ。

「あの…」

「ああ、お昼のコースある？」

「はい、こちらに」

「じゃ、このAコースを」

不審がるウエイトレスにオーダーをし、耳元で鳴る心臓の鼓動の向こうから聞こえる声に耳を澄ます。

倉木。

それは誰？

なぜこんな時間にこんな所に？

指の先がスーッと冷たくなった。

唇が乾く。

落ち着け。

俺は自分に言い聞かせた。

彼がどんな仕事をしているか知ってるわけじゃない。あれは彼の仕事仲間かもしれないじゃないか。単に異性と同席しているからって、子供みたいに慌ててどうする。

「…じゃねえか」

どんな時でも聞き分けられる人の声が耳に届く。

「ナマイキ、倉木のクセに」

もう一方の女性の声も。

「何だよ、それは。俺様だぞ」

「まあたしかにあんたは『俺様』だけどね」

親しげな口調。

付き合いの深さを感じる気安さ。

頼むから、仕事の話をしてくれ。

ちょっとでも仕事の話をしてくれれば、それで自分を納得させるから。

祈るようにする俺の後ろで、二人は会話を進めた。

「これでもう二ヵ月だろ、いい加減アタマ来るな」

「そうねぇ、私だってゆっくりしたいわ」

「お前はいいだろ、ちゃんと休みとってんだし」

「あら、随分な文句を。好きでやってるクセに」

仕事？　プライベート？

測り兼ねる会話。

「そりゃ好きだよ」

「何より、ね」

「かもな」

何が？

何が『何よりも』好きなんだ？

その『何より』の中には俺も入っているのか？

「ここんとこ急に増えただろ」

「そうね。多分楽しくてしょうがないんじゃない」

不機嫌そうな声だ。

彼等にとってこの話題はあまり気乗りのしない話題のようだ。

「それにしたってここんとこ頻繁過ぎる」

ポソッと倉木が言った。

「私に言わないでよ」

「お前が呼び出してんだからお前に言わないでどうする」

呼び出し…。

「そりゃそうだけど、私用じゃないじゃないの」

「ちょっと待て、先週のは全部お前の私用だって知ってるんだぞ」

「あら、どこからそんな話が」

「お前がバーゲンに行きたいからって俺を呼び出すのは止めてくれ、こっちにだって都合ってものがあるんだから」

バーゲン…?

「だって、行きたかったんだもん」

それは、仕事ではないだろう?

「それに、倉木だって素敵なお洋服が作れて嬉しいでしょ？」

「何でもかんでも取り敢えずコールするのは止めろって言ってんだ。何かと思って飛んでっちまうじゃねぇか」

彼女の軽い笑い声。

「もうちょっとしたら寿退社できるんだし、そしたら一日中バーゲンでもどこでも行けばいいだろ」

「あら、そしたら付き合ってくれる？　呼び出しかけるから」

「冗談だろ。行くなら女友達と行けよ」

「つれないのねぇ、ネクタイの一本くらい買ってあげるのに」

「そう言って去年のホワイトデーにチョコの礼だって言ってスカーフ買わせたのは誰だ」

「チョコはゴディバよ」

「いらねぇよ、あんな甘いもん」

目眩《めまい》が…する。

聞いた言葉の意味を咀嚼《そしゃく》するのに時間がかかる。

呼び出しは仕事だと言っていた倉木が、後ろに座る女性のプライベートの呼び出しに応じたと言っているのは何故だ。

寿退社とか、ホワイトデーとか、俺の不安を煽《あお》るような言葉ばかりが耳に残ってしまうのは何故だ。

「さて、もう少しデートしましょうよ。この辺にあなたのお友達のお店があるんでしょ。何だったらそこも寄ってみる？」

「お前みたいな女を紹介なんかできないよ」

「ひどい。いいわ、じゃあもう一軒行きたかったデザートの店があるからそこへ行きましょう」

椅子を引く音。

立ち上がる気配。

床を鳴らすハイヒールの足音に続く重い音。

「石田《いしだ》、待てよ。ライター忘れてるぞ」

「あ、いけない」

「それに、恋人なんだから男を先に立てろって。女は後ろからついてくるもんだ」

「はい、はい。そんなこと気にするならもうちょっとちゃんとした服着てきてくれてもいいのに」

「これしか持ってねぇよ」

二人はそのまま俺という存在に気づかず、レジを済ませて店を出て行った。

窓から見ると、横断歩道のところで信号待ちをしている二人の後ろ姿が見える。

女性は肩までの髪を切り揃《そろ》えたキャリアウーマンタイプの女性で、倉木の押しに負けないような ハッキリとした性格を持っているであろう顔立ちをしていた。

『この辺にあなたのお友達のお店があるんでしょ』

『恋人なんだから男を先に立てろって。女は後ろからついてくるもんだ』

どう考えればいい？

どんな理解の仕方をすれば、自分の平静を手に入れられる？

俺を、その女性に『友達』と言ったのか。

俺がいるのに、その女性を『恋人』と呼ぶのか。

その言葉を、どう曲げればお前が俺を愛してくれていて、その人とは何でもないのだと思える？

「こんな…もんかな」

倉木の、強引さと大らかさに惹かれた。

彼が当たり前のように見えにくい優しさを示す、最初の出会いの時に赤の他人の自分を助けてくれたとか、この間のように待っているよと言わないで自分の帰りを待っていてくれたことが好きだった。

恋愛は自分と似ている人間か、自分に持っていないものを持っている人間とすることが多いという。それならば自分は後者だ。

強い物言いもできず、豪快にはなれない自分を凌駕《りょうが》する倉木が好きだった。

けれどこんなところまで自分と違う人間だとは思っていなかった。

恋人は一人だけ。

その場や時や、男と女で使い分けることなどできない。

キスをするのは一番好きな人とだけ。

好きだとか、愛してるとか、軽々しく口にはできない。

けれど、倉木は違うのだ。

「こんなもんなんだ」

運ばれてきたAコースのランチは、とても奇麗なプレートに盛られた鶏肉のハーブソテーとサラダ。

テーブルクロスのない丸いテーブルには銀色のナイフ、フォークと一輪挿しの花瓶。

だが俺はそのどれをも味わうことができなかった。

悲しみで胸が一杯で、人生で一番情けない顔を他人に見せないように努力するのに精一杯で。

「倉木…」

これからどうすればいいのか、全く考えることができなかったので…。

「お誕生日オメデトウゴザイマース！」

人の多い店を、ワザと選んだ。

「誕生日ってわけじゃなくて、懇親会だってば」

騒がしくて、うるさくて、自分が黙ってしまっても空気がしんとしない場所にした。

「でも一応名目ってもんがあるじゃないですか」

一人で過ごすことが、寂しいというより怖かったので、人を集めた。

「あ、じゃあまず自己紹介しますね。私が森です」

「あ、俺は岩松《いわまつ》です」

「高橋《たかはし》と申します」

「関係ない人間が一人だけ入ってて申し訳ないんですが、稲見《いなみ》です」

森さんが俺の誕生日パーティをやりたいと、週を越えてもまだ言っていたのを利用した。

ついでにと、彼女が興味を持ったらしい稲見にも声を掛けてみたら、意外にも彼はすぐに『行くよ』と返事をしてきた。

多分、彼も少しナーバスになっていて会社関係以外の人間と出歩きたかったからだろう。

「高橋さんは主婦なんですか」

「はい。まだ子供がいないんで、その前に少しお小遣いが稼げればと思って」

「俺もです。金稼ぐっていうより製作やるんで時間がとれる仕事が欲しくて。週二日ってとこあんまりなかったんですよ」

「びっくりした、『俺も』なんていうから、岩松さん結婚してるのかと思っちゃった」

「まさか、俺まだ二十歳ですよ」

「稲見さんは店長と同じ年なんですよね」

「大学の同期なんです」

うっすらと笑っていれば、会話は自分の前を行き過ぎてゆく。

居酒屋とレストランが一緒になったようなこの店は、初めて来た店だった。以前から前を通ってはいたが、若い学生が多く、騒がしそうだから入るまいと思っていたのだ。

けれど今日はその学生達がもっと入って来て、もっと声を上げればいいと思ってる。

「意外だったな、篠森《しのもり》はこういう店、あまり好きじゃないと思ってたよ」

そうだよ、稲見。俺はこういう店は好きじゃない。

自分が飲むならショットバーみたいな静かな店か、自分の部屋の方が好きだ。

「懇親会だから、バイトの人が好きそうな店をこれでも頑張って探したんだ」

けれどももっともらしい嘘でそれをごまかす。

「いいですよ。ナイス。俺、一遍入ってみたかったんですけど、高いかと思って入れなかったんですよ」

「岩松くんは勤労学生だもんな」

「ってワケじゃないんですけど、布地代がかかるんです」

「岩松くん、服作ったらお店に置かせてもらえばいいのに」

「え、そんな。無理ですよね、店長」

「いや、いい案かもしれないね。今度一度見せてもらおうかな」

「またまた。俺のは奥様相手っていうより原宿《はらじゅく》辺りのガキ相手みたいな感じですから」

「じゃあ奥様相手みたいなのも作ってみれば？　案外イケルかもよ」

「奥様相手か…。シェイプしたシルエットをドレッシーにって感じですかね」

中身があるようでない会話。

流されるままに言葉を発していればそれで済む。

心が、空っぽになっている自分にはこれくらいがいい。

あの後、何度か倉木から電話があった。いつも通りケータイの方に。

だが俺はディスプレイの記すナンバーを見て、応対を拒絶した。

心配してくれたのか、今日は店に直接かけて来たが、『セール前で忙しいんだ』と言ってすぐに切ってしまった。

彼女を恋人と呼んだその口で、俺に愛を囁《ささや》かないで。

彼女の香水が移った腕で、俺を抱かないで。

今はまだお前のことが好き過ぎて余裕がない。

でも上手くいったら、気持ちに整理をつけてこれ以上踏み込む前で良かったと笑いながらお前と『友達』になれるかもしれないから。それまで時間をくれ。

「店長、随分飲みますね」

「うん、今日はみんなが祝ってくれるからね。気分がいいんだ」

最悪の気分なのに笑える。

「これからセールもあるし、少しここで勢いつけとかないと」

虚《うつ》ろなのに、頑張るふりをする。

それができる自分だから、きっとお前のことも上手くいくだろう。

「適当にしとけよ。そんなに強い方じゃないんだから」

「わかってるって」

今はまだダメだけれど、そのうちなら『彼女いるんだろう』と言えるかもしれない。

それがダメなら、『さようなら』と、言えるかもしれない。

…今はまだダメだけれど。

「このソバ屋のスパゲッティって何でしょうね」

「やっぱり日本ソバ使ってるんじゃないの？」

「とってもいいよ。今日は俺の奢《おご》りだから」

「そんな、誕生日なんだから私達が奢りますよ」

「だから、今日は懇親会だって」

俺の誕生日なんて祝わないで。ちっともめでたいことなんてないんだから。誕生日という言葉は、彼に置き去りにされたことを思い出させるから。

「後で一杯働かせるから、悔いのないように食事でもお酒でも一杯頼んだ方がいいよ」

若い森さんと岩松はすっかり打ち解け、森さんが狙いを定めた稲見は無理やりそちらの話題に引き込まれる。

助け舟を出そうかとも思ったが、仕事に関係のない軽い会話は、まんざらでもなさそうだったので、放っておくことにした。

三人に入っていけなくなった自分と、その隣でちびちびとグラスを空ける高橋さんだけが無口になってしまう。

「高橋さんは向こうに入らないの」

暫《しばら》くは、二人並んで飲んでいたのだが、懇親会と銘打った以上彼女を放っておくこともできず、俺の方から彼女に声を掛けてみた。

「入らないってわけじゃないですけど、森さんのためには席を外してあげた方がいいかな、と思って」

「森さんのため？」

高橋さんはふふっと笑った。

「彼女、店長のお友達に一目惚《ぼ》れみたいだから。いくら私が既婚者でも、女性が同席しない方がいいでしょう」

「そんなものかい？」

「そんなものですよ。恋愛なんて理屈じゃないんだし」

それは言えてる。

どんなに賢い人間であろうとも、恋愛には翻弄《ほんろう》されるものだ。

「自分の好きな人に、誰かと自分を比べられるのって気持ちいいことじゃないでしょう？」

「…やっぱり結婚しているだけあって恋愛には精通しているみたいだね」

「そういうわけじゃないですよ。自分だってまだ恋愛中なんだし」

「ご主人と？」

「もちろん」

はにかみながら、彼女は奇麗な箸使いで料理を取った。

「店長は恋愛とかしてないんですか？」

「俺？」

「ええ」

「どうかな」

恋愛はしている。

けれどそれは終わりかけている。

恋の完成形を手に入れた女性と自分がこうして並んでいるのは、考えるとある意味滑稽《こっけい》だ。

「フラれたことならあるな」

「店長を？　もったいない」

「そうでもないよ。あまり面白味のある人間じゃないから」

「そうですか？　私は真面目は美徳だと思いますけど」

なぜ、彼女とこんな話をしているのだろう。酒が入っているから？　少し弱気になっているから？　自分が手に入れられなかったものを手に入れた先輩として彼女に相談してみたいと思っているから？

「意地悪な質問だけど、高橋さんはもしダンナさんに他に好きな人がいたらどうする？」

一瞬、怒るかと思った彼女は真剣な顔で黙った。そして間を置くと、答えが出たといわんばかりに笑いながらこう言った。

「そっちと別れてって言います」

後ろにぴっちりと結い上げた髪の、ほつれを気にするようにうなじに指を這《は》わせて、また笑う。

今度はにっこりというふうではなかったが、質問に気分を害したふうでもなかった。

「自分に自信があれば、そう言います。私を選んで、私だけで満足して。足りない部分は努力してあげるからって。でももし自分のがランクが下なのかもって思ったら、黙ってます」

「黙っている?」

「ええ、知らない顔をして、ずっと黙って笑ってます。それで少しずつ、彼の『もう一人の相手』より私の方が『いい』でしょう、という場所を作って心を引き寄せます」

「なるほどね」

「だって、失いたくはないんですもの」

ふいに、大して変わらない年のはずの彼女の顔が大人びて見える。

「あそこで、恋愛の駆け引きを楽しんでいる森さんにはまだわからないでしょうね。誰かと一生一緒にいたいって思うのがどれほど辛《つら》いことなのか」

「辛い?　楽しいことじゃないのかい?」

「楽しいばかりじゃないってことです。だって、今店長が言ったみたいに、自分のものにしたと思っても他人に惹かれていくかもしれないじゃないですか。遊びや、恋の入り口でなら、『ああもう嫌んなった、次の人に乗り換えよう』って思えるけど、覚悟を決めたらどんなひどい仕打ちをされても耐えたり、戦ったりしなきゃいけないんだから」

「楽しいことばかりじゃなく、辛いこともあるけれど、その辛いことよりもその人が好きだという気持ちが強いんだね」

「カッコイイですか?」

「凄《すご》く」

そうだね。

その考えは正しい。

男女の関係ならば、結婚という完成形があると考えた。男同士より安定していいだろう、と。

だが、今時の風潮ではそれだって怪しいのだ。離婚することに抵抗などない。結婚してもまだご主人と恋愛をしていると言い切る彼女の言葉の中には、だから安心してはいられないんですという戒めの意味も含んでいるのかもしれない。

諦《あきら》められたら…。

倉木の恋人の存在を知って、諦められたら、きっと自分はもっと楽だっただろう。

諦められないほど彼のことを好きになってしまっているから、苦しいのだ。

もし彼が恋人の存在を白状して自分と別れてくれと言っても、泣いて『捨てないで』とすがってしまうかもしれないと思うから彼の告白が怖い。

「店長?」

「ん? ああ、いや。高橋さんは凄いなと思って。俺よりもずっとしっかりした考えを持ってるんだね」

「あら、これはきっと女の本能ですよ。ひょっとしたら、男より女の方が独占欲が強いんじゃないかしら。だから我慢がきかないんですよ」

「そんなことないよ。男も女も、恋をしていれば誰だってその相手に対して独占欲は抱くものさ」

そして独占できていないと知ると打ちのめされるのだ。

「店長、二股かけられたんですか？」

「キツイ質問だな」

「あら、でも店長だって私を不安にさせるような質問したんですから、お返しですよ」

「そうだね。…うん、実はそうなんだ。でも好きだから、どうしようかと思ってるところだよ」

ぽろりと本音を零《こぼ》したのは、彼女が自分の恋愛から遠い場所にいる人だから。そして彼女の言葉に頷《うなず》くべきことが一杯あったから。

「普通なら『そんな女捨てちゃいなさい』って言うところなんでしょうけど、そういう無責任なことは言えないので、取り敢えず『頑張って下さい』って言っておきます」

「ありがとう、頑張るよ」

彼女は手を上げると、いつの間にか空っぽになっていたグラスの追加を頼んだ。

合わせて自分も同じものをと頼む。

恋愛に関する話題はそれが合図でもあったかのようにそこで途切れた。

再び彼女が口を開いた時の話題は、セールの時に準備中に欲しい物があったら取り置いてもいいかというものだった。

その後も他愛のない話を続け、夫が帰って来るからそろそろ帰らないと、という高橋さんの言葉でお開きになるまで宴は華やかなままだった。

「篠森はこの後どうするんだ？」

払いを済ませて外へ出る。その途端に静かになってしまう空気。

「アパート、帰るんだったら、一緒に駅まで行こうか」

誘ってくれたのは稲見だが、俺は首を横に振った。

「いや、今日は店の方に泊まるつもりだったんだ。まだまだ雑務があるもんでね」

本当はアパートに戻ると倉木の電話がかかって来るかもしれないから逃げているだけだ。

「大変だな」

「それで金貰ってるんだから仕方ないさ。それに、少し飲んでるから帰るより楽なんだ」

俺の嘘を信じて、稲見は『そうか』と頷いた。

飲んでいる間にすっかり意気投合したのか、俺に手を振って駅に向かう稲見の隣には森さんがいた。

それぞれが、別れの言葉を口にして家路を辿《たど》る。

自分だけが、彼等を見送って店の方へ足を向けた。

夜の風が冷たく頬《ほお》をなぶる。

祭りの後はどうしてこうも寂しいものなのだろう。まるで恋の終わりのように。

寂しいと思う気持ちが余計にそうさせるのか、暗い道は遠く感じる。

高橋さんの言葉を思い返すと、少し泣きたくなった。

辛いことがあっても、諦められないほど『好き』ならば、それを堪えるしかない。

明白な事実だ。自分だけではなく、皆が選ばなければならない選択肢だ。

物語のように、テレビドラマのように、全てがハッピーエンドなんてことは稀《まれ》なのだ。

倉木の口から、自分には今好きな人がいると聞かされたら、きっと泣いてしまう。

いつかは笑って彼女の話を聞けるかもしれないと思ったのはウソだ。そんな言葉は聞きたくないし、聞かされてもきっと自分は倉木への気持ちを消すことはできない。

辛くても、彼のために知らないフリを続けて、この関係がなるべく長く続くように努力をしてゆくだけだろう。

情けないことだとわかっていても。

ビルに着き、建物の横合いから裏へ入り、ポケットからカギを取り出す。

「これをしまわなきゃな…」

街灯に照らされた積まれた空のダンボールへ目をやるが、アルコールのせいで疲れた身体が労働を拒否した。

別に急ぐことはない。明日の朝でもいいだろう。ここへ入って来る人間などいないし、ここは私有地なのだから。

真っ暗な室内に入って店の照明のスイッチへ手をやったが、思い直して階段へ向かった。

「眠…」

このまま、会わないでいたい。

すぐに電話で彼を呼び出したい。

その二つの気持ちの間にあって、倉木を好きだという気持ちだけは、なかったことにできない。

「少し寝るか…」

二階の事務室に上がり、仮眠用のソファにごろりと横になると俺は濡《ぬ》れた瞼《まぶた》をそっと閉じた。

これから、どうすればいいのか。

死刑の宣告を待つように倉木の告白を待つべきなのか。

それとも…。

倉木の顔を見て、彼の声を聞いたら、自分はどうなってしまうのだろう。

まとまらない考えが睡魔に奪われて朦朧《もうろう》としてくる。

目の中の闇に浮かぶ蛍光灯の青い名残が消えても、その答えを得ることはなかった。

そして俺は深い眠りの中に落ちていった。

再び俺が目を開けたのは、妙な息苦しさを感じてのことだった。

煌々《こうこう》と明かりのついた室内。

寝起きだからか、少しかすんで見える。

ノドが酷《ひど》く渇いていて、ゴホンと咳払《せきばら》いをすると少し痛んだ。

嫌な臭いがする。

何かが焦げているような臭いだ。

俺はゆっくりと身体を起こすと辺りを見回した。

セレクトショップという仕事柄、ここには服やダンボールなど燃えやすいものが多い。だから二階は事務室として使うことにしてからは火の気は持ち込まないようにしている。

お湯を沸かすのも、暖房も、全て電気にしているのだ。

なのに今、物の焦げた臭いがするというのは漏電だろうか。

俺は軋《きし》む身体を起こすと、コンセントのある場所を視認した。

くすぶっている様子はないようだ。

それでも心配でソファを下りてそこまで行ってみたのだが、火の気はない。

「下かな…」

とはいえ、下にはそれこそ火元になるようなものはないはずだ。さっきここへ真っすぐ上がって来たのだから階下は電気も点《つ》けていない。

一瞬、頭の中に『注意』という大きな文字が浮かび上がった。

森さんがよく見ておいて欲しいと言っていた回覧板に躍っていたあれだ。

この辺りに放火が多く、注意するようにと謳《うた》ってあったではないか。

「まさか…」

俺は慌てて階下へ通じるドアを開けた。

途端に凄い熱気と黒い煙が部屋の中へ流れ込んできた。

「…な！」

火事だ。

炎は見えないが、階下が赤く明るい気がする。間違いない、火が出ているのだ。

「何で…」

階下には火が出るようなものなど何もなかったのに。

状態を確認するために階段を降りようと部屋を一歩出て、それが既に無理であることを知った。

苦しい。

空気が熱い。

どこがどんなふうに燃えているのかわからないが、ウインドウが覗けるようになっているウチのシャッターでは、熱のためにガラスが割れてしまえば店内に火が入るのが早いのだろう。装飾も木材を使っているし、他にもどんな建材が使われているのかもわからない。もしかしたらこの煙の中に有毒ガスが含まれているかもしれない。

「…窓…」

窓を開けて煙を出すんだ。だがサッシの鍵に手を掛けた俺は開けることをためらった。

火事の時、窓を開けて空気を入れると新鮮な酸素を得た炎は急激に勢いを増すとどこかで聞いたことがある。

三階は住居になっているからここからでは通じる階段がない。上へも下へも行けない。

「どうすれば…」

パニクってる暇はない。

けれど何をどうすればいいのか。

消防車を呼ぼうにも電話は一階にしか引いてないのだ。いや、もし電話があっても、既に電話線が切れているかもしれない。

外に助けを呼ぶにしても、二階にはデザイン上道路に面した窓はないのだ。

そうこうしている間にも、空気の中の焦げ臭さはどんどん増してきて、呼吸をするのも辛くなって来る。

「そうだ、ケータイ」

俺はポケットからケータイを取り出した。

119だ。たった三つのボタンを押せば消防署に繋《つな》がる。

だが、窓の外からサイレンの音が遠く聞こえてきた時、俺は一瞬戸惑った。

誰かが、通報してくれた？

あのサイレンはここへ向かう音？

今更自分が119しなくても、救援が来るというのなら、自分にはそれよりも電話を繋げたい先がある。

『助けて』と叫ぶなら、その声を倉木に繋げたい。

逃げ道は一階からしかないがもう下から逃げるのは無理だろう。密接して建っている隣のビルにはプライバシーの保護のためこちらに向いた窓もない。

今、自分は今までの人生の中で一番死に近いところにいるのだ。

もしかしたら、死ぬかもしれない。

そう思った瞬間、第三者へ救いを求めるよりも、愛しい人の声を望んでしまった。

取り敢えず階下へのドアをぴったりと閉じ、アドレスから呼び出した。

咳き込みながら一番奥の小窓を開けて顔を出しながら呼び出し音を聞く。

倉木。

倉木。

出てくれ。

「ごほっ、ごほっ…」

だが、コール五回で耳に届いたのは、ある程度予測していた機械的な女の声だった。

『ただいま電源が切れているか、電波の届かないところに…』

ドアの隙間、下の方から白い煙が嘗《な》めるように侵入して来る。

『…ピーという発信音の後に…』

消防のサイレンがどんどん近づいて来る。

「倉木…。倉木、倉木、好きだ。今、火事なんだ、下が…。もうダメかもしれない。だから最後に言わせてくれ。お前が誰を好きでも、好きでいさせて欲しい。ずっと最後まで、好きでいさせてくれ」

ここからは見えないが、大きなサイレンの音がすぐ前で止まった。

突然、ガンガンと大きな音が建物一杯に響く。

その音のあまりの大きさと激しさに驚いて、俺はその手からケータイを取り落とした。

「あ…！」

カツン、と壁に当たる小さな音がして、ケータイは顔を出していた窓の外、黒い煙の漏れ始めた下へ落ちて行く。

「助け…」

まるで風が吹いているかのように、ドアから入り込んで来た煙は俺を、というより開いた窓を目指して向かって来る。

気のせいか、足元が暖かくなってきたようだ。

これが失火ではなく放火なら、火元は裏口の横に積んであったダンボールだろう。倉木にも片付けろと言われていたのに、疲れにまかせてそのままにしておいた自分のミス。

戸口が燃えていては出口がない。ここまで煙が回っている以上火は既に店内に移っているはずだ。シャッターは金属だから熱にやられて自力で開けることは考えられない。

いや、それどころかそこに見えているドアのノブでさえ、今まだ素手で触れるんだろうか。

「助けて…」

俺は外へ向かって叫んだ。

「誰か！　助けてくれ！　倉木！」

店が終わった後の二階に俺がいると、近所の人は知らないだろう。明かりは点けっ放しにしていたが、道路から見えないのだから消防の人が気づくとも思えない。

反対に三階の池原さんが海外にいることは隣のビルの住人も知っている。

「誰か！　まだ二階にいるんだ…！」

もし建物の中に人がいないと思えば、消防は延焼を防ぐことを優先するんじゃないだろうか。見落とされてしまうんじゃないだろうか。

「誰かーっ！」

叫ぶ声は、さっきから聞こえている金属音に負けていた。

喉が痛み、十分な声が出ない。

怖い…。

「誰か！　気づいてくれ！」

どんなに顔を出しても、階下からもうもうと上がる煙で道路は見えなかった。

こちらから見えないということは向こうからも見えないということだ。

しかも熱風が下から吹き上げ、顔を出すことも辛くなって来た。

死ぬ、かもしれない。

音が止み、ふいに静かになる。

と、同時に屋上から外壁を滴るように水が降って来た。

放水が始まったんだと一瞬気が抜けたが、次の瞬間恐怖は最大になった。

バン、ともボン、ともつかない音が床を揺らし、はめ込みガラスのついたドアの向こうがオレンジ色に染まったのだ。

火が、そこまで来ている。

煙は充満し、部屋の温度がどんどん上昇してゆく。袖口で口元を覆わないと、息をするのも難しい。

「くら……き……」

あのドアは木製だ。あと数秒で火が点くだろう。そうしたら炎と煙はこの部屋へやって来る。窓を開けて、新鮮な空気が満ちた部屋へ。そうなれば何もかもが一瞬で終わるだろう。

「倉木……！」

みっともないと考える余裕もなく、俺は泣き叫んだ。

死にたくない。

死にたくないいんだ。

死んでしまうならせめて、もう一度彼に会って全てを問いただしたい。彼女と自分と、どちらが本当にお前の恋人なのか。

もしお前が俺よりあの女性を愛していたとしても、まだ俺を側に置いてくれるのか。

「倉木ー！」

お前を好きでいさせてくれるのか、と。

「ドアから離れろ！」

終わりだ、と覚悟を決めかけた次の瞬間、声はオレンジ色がチラつくドアの向こうから聞こえた。

「今からドアを壊す。なるべく離れるんだ！」

消防…？

激しい音がしてドアが破壊され、木片が部屋に散った。同時に熱い空気と嫌な臭いが流れ込んだ。

「ごほっ…」

煙が俺を目がけてくるように流れ、熱風に煽《あお》られた火の粉が山積みにしてあった在庫のダンボールへ降り注ぐとあっというまに引火する。

燻《いぶ》す音と共に更に部屋の温度が上がり炎の中から銀色の人影が走り込んで来た。

「要救助者一名確保。溝口《みぞぐち》、斧《おの》頼む」

一人？　いや二人だ。

その内の一人が真っすぐに俺に駆け寄ると、強く肩を抱いた。

「篠森、大丈夫か」

俺の、名前…。

「立て！」

聞き慣れた声。

「しっかりしろ」

胸が苦しくなるのは呼吸ができないせいじゃない。

「おい、退路がなくなるぞ。急げ」

「ホースは中まで入れないのか」

「放水はしてる。だが階段とこの張り物がビニールでガスが出そうなんだ。火も嘗めてるし、早くしないと突っ切るのは難しいぞ」

「わかった、溝口は先に降りろ。俺はこいつを連れて降りる」

ドア口で待機していた男は、彼の言葉に躊躇《ちゅうちょ》なく階段を戻って行く。

残った男は右手を俺の方に置いたままそのマスクを外した。

「お前が…無事でよかった」

真っすぐに見つめる瞳。

汗にまみれ、肌を赤く焼いた顔。

「くら…き…?」

会いたくて会いたくて、声を限りにその名を叫んだ相手。

もう二度と会えないかもしれないと思った愛しい人。

「倉木!」

その本人が、今、目の前にいた。

しがみつく腕が彼の身体を捕らえる。炎をくぐり抜けて来た身体は熱く、回した腕は焼けるようだった。

「もう大丈夫だ」

抱き返してくれる腕も熱い。

「俺と一緒にここを出るんだ」

外したマスクを俺の顔に押し当てる。

「篠森、ここはお前一人だな。他に人はいないんだな」

何が何だかわからないまま、コクリと頷く俺の身体を一旦引き剝《は》がし、彼が覗き込む。

「よし。立ち上がれ、走るんだ」

腕が、俺を抱えて立ち上がらせる。その時になって初めて、俺は自分が床へへたり込んでいたことに気づいた。

「俺が絶対に連れ出すから。ちょっとの間だけ我慢しろ。来い」

自分の着ている銀色の防火服の前を開け、俺を包むようにして抱き上げる。

「じっとしてろ」

その一言を投げかけると、倉木はそのまま炎に包まれた階段へ向かって駆け出した。

痛むほど強く、俺を抱いたままに…。

まだ燃え盛るビルの前で、ぼんやりと吹き出す炎を見ていた。

放水が続けられ、建物は見る影もない。

シャッターは無残に壊され、パックリと口を開いている。ガラスは既に粉々だ。ずっと聞こえていた金属音はシャッターを破るためのものだったのだろう。

池原先輩、帰ってきたら驚くだろうなと悠長なことをぼんやり考えた。

「篠森、救急車が来たから乗っていけ」

すぐ側で、けれどどこか遠い場所で、聞き慣れた声がする。

「そしたら今日は真っすぐアパートへ戻れ。事情聴取は明日にしてもらってやるから」

これは…倉木の声だ。

「どこか痛むところがあるのか。立てないのか」

「…立てる…」

「よし、じゃあ立ち上がれ。すいません、こいつお願いします」

どうして、倉木がここにいるんだろう。

何故消防士の格好なんかしてるんだろう。

当然のように周囲に指揮をして、駆け去ってゆくのだろう。

「君、大丈夫か。担架いるか？」

「…いえ…自分で…」

極度の緊張の後に訪れる虚脱感で、俺は口もきけないまま救急車に乗せられ、病院へ運び込まれた。

病院では、熱気を少し吸ったとかで喉に薬を塗られた。

腕にも小さな火傷《やけど》があり、軟膏を塗る程度の治療がなされた。

後で警察から連絡が来るだろうからと電話番号と住所を書かせられ、一旦はそのまま帰された。

タクシーに乗って、倉木に言われた通りアパートへ戻る。言われなくても、そこより他にいく先などないのだから帰るしかないのだけれど。

疲れた。

部屋へ戻るなり身体が重くなってその場に頽《くずお》れる。そのまま指一本動かせず暫くじっとしていた。

どれ程時間が過ぎたのか、空っぽの頭にポツリと一つの言葉が浮かぶ。

眠い。

けれど目を閉じる前に考えたいことが一杯ある。

倉木の…仕事は消防士だったのか。

そう言われてみれば思い当たることはいくつもある。

ここいらが物騒だと注意したり、ダンボールを片付けろと注意したり。あまりよくはわからないが、緊急出動のコールがかかれば出ていくことも多いのだろう。

この辺りに放火事件が多くなってから、彼のケータイはよく鳴っていた気もする。

平日にも休みが取れて、スーツを着て出かける必要もない。

だが、あの女性は？

平日にあんな服装で歩いていたところを見ると消防士とは思えない。現場に出る消防士は一日交替と聞くが、女性なら単なる公務員だろう。恋人だとも言っていた。仕事と同じくらいの重みを持つ呼び出し理由を持っている人間なのだ。

「眠い…」

だめだ、頭が働かない。

でも眠るならベッドまで行かないと。

這いつくばって沓脱《くつぬ》ぎから奥へ移動しようと膝をずる。その時、まるでそれを待っていたかのようにチャイムが鳴った。

「篠森、帰ってないのか」

倉木の声だ。

カギをかけていなかったドアは背後で勢いよく開いた。

「篠森！　どっかやられたのか！」

慌てた声で駆け寄った倉木は俺を背後から抱き上げた。

「違う…、疲れて」

軽々だ。

そうだよな、消防士なんだから、そういうことができる人間なんだ。

「なんだ…、驚かすなよ」

俺の悩みも不安も知らないから、倉木はいつもの顔で笑った。

「あんなことがあった後だからな、そりゃ疲れもするだろう。ベッドまで運んでやるよ」

言葉通り、彼は俺を抱いたまま靴を脱ぎ奥の部屋まで運ぶとそっとベッドの上へ下ろした。

「ケガはなかったか」

近くにある顔。

言ってるその顔に赤い火傷の痕が見える。

「明日になったら多分警察が現場検証に立ち会ってくれって言うだろう。そしたら一緒に行ってやるよ」

その唇の動きをじっと見る。

「喉、渇いただろ。水を…」

「倉木」

立ち上がりかけた彼の名を呼び引き戻す。離れられたくなくてそうしたのだが、何故か彼は酷く緊張した顔で振り向いた。

「…何だ」

どうしてだろう。

「…水はいらない」

「そうか」

戻って、傍らに座る彼の顔にはいつもの表情がない。

「倉木…、お前の仕事って、消防士だったんだな」

俺の言葉に彼の顔はますます硬くなる。

「そうだ…」

「驚いたよ」

まるで緊張しているかのように。

「もっと早く言ってくれればよかったのに」

ふっ、と彼が笑った。

それは笑顔と呼ぶには悲しそうで、何かを諦めたような顔だ。

「言ってくれれば疑ったりしなかったのに」

「疑う？」

「誰か…恋人がいるのかと思った。いつも呼び出しを優先するから…」

『恋人』という単語を口にした時、声が震えた。

「あれは緊急コールで…」

「うん、もう今はわかった」

手を伸ばして、その服を摑《つか》む。

引き寄せると、水や煙の臭いがするだろうと思われた身体からはセッケンの匂いがした。

「死ぬかと…思った」

ベッドの上、丸めた身体を擦り寄せるようにして頭を寄せる。

「怖くて、怖くて死ぬかと思った」

その身体を抱いてくれる腕がある。

「もう大丈夫だ。怖いことはない」

「ん…。でもその『死ぬ』と思った時、俺は…倉木に聞きたいことや言いたいことが一杯あるから死にたくないって思ったんだ」

「俺に?」

優しく背中を撫《な》でながら彼の身体が近づき、すっぽりと頭を抱えるように膝に乗せてくれる。

「これから聞くことに、どんな答えだとしても嘘をつかないって約束してくれ」

一瞬の間があったが、倉木は『ああ』と返事をくれた。

「俺の誕生日に、帰ったのは仕事?」

「ああ。ボヤだったが、緊急ミーティングが入ったんだ」

「今までの呼び出しも？」

「全部ってわけじゃないが、デートをすっぽかしたのは全部出動だ。今、あの辺りには放火が多くて厳重警戒態勢に入ってるんだ。非番出動も珍しくない。もっとも、これからもずっというワケじゃない。このヤマが終わったらもっと全然暇になる。元々あそこいらはそんなに火事が多い場所じゃないんだ」

「じゃあ…。俺と会った翌日は仕事だった？」

「火曜日？　ああ。出勤日だった」

「本当に？」

嘘をつかれないように、俺は顔を上げて彼の目を見た。

「ああ」

「じゃあ一緒にいた女性は？　何でいつもと同じ格好で女の人といたんだ？　彼女は…、彼女は恋人じゃないのか？」

倉木はどうしてそんなことをと言うように少しだけ目を丸くした。

だがそれは慌てたというよりも、驚いたというように見える。

「女と一緒にいたよ。警戒中だったんで私服で警邏《けいら》に当たってた。放火は近年できたばかりの洒落《しゃれ》た店舗が多かったんで二人連れの方が目立たないだろうと同僚を誘った。『恋人同士のフリ』をして」

そしてにやっと笑う。

「でもプライベートで呼び出したって……!」

「そんなことまで…。お前、あの時店にいたのか?」

唇を噛《か》み締め、俺はこくりと頷いた。だから嘘はきかないぞ、というように。

「彼女は事務官で、主に呼び出し担当なんだ。ところが自分のデートの都合があるからって冬服の採寸日に緊急コール使って各隊全部を呼び集めやがった。通常は勤務日に合わせて順々にやるもんだが、日にちがかさむと自分の予定が狂うとかぬかして。もっとも、あと三ヵ月もすれば寿退社だがな。もちろん、相手は俺じゃないぞ」

「本当に?」

「何にかけて誓ってもいい。本当だ。何なら今度紹介してやるよ」

「…友達として…?」

「そりゃ仕方がない。あんなおしゃべりに話したらあっと言う間に署内に知れ渡っちまうからな」

力が抜けた。

「…よかった」

「それじゃあ今度は俺の質問に答えてくれるか?」

倉木はほっとして彼の膝に落とした俺の頭を両手で抱き起こした。

「まだ、俺と付き合ってくれるか?」

「…倉木?」

さっき一瞬見せた、緊張した顔。

「俺と、付き合ってくれるか?」

「そんな…、俺はお前の側にいたいよ。キスでも何でもしていいから、側に置いて欲しい」

別れるなんて言わないでくれ。

「俺を、待てるのか?　本当に」

「待つって…」

彼は息がかかるほど近くに顔を寄せた。

「俺は…、お前に知られたくなかった。自分がどんな仕事をしているか。だが結局最悪な形でバレちまった」

最悪な形…。

「今まで、お前以外の人間と付き合ったことがないワケじゃない。それまでは仕事の話なんか何にも気にせず話してた。だが、最後にみんなこう言うんだ。『怖くてもう待てない、仕事を辞めて』と。不安で潰れそうな顔で。だからお前には言えなかった。お前にまであんな顔をさせたくなくて」

辛そうに歪んでいる顔。

「俺はこれからも『あそこ』へ出ていく男だ。それでも、俺と付き合ってくれるか？」

彼の示す『あそこ』という場所が、俺が心の底から恐怖した炎の中をさしているのだと、彼の目が語っていた。

「俺だって絶対に死にたくないが、その可能性のある場所へ行くのを、見送れるか」

彼が、あの炎の中へ飛び込んでゆく。

生まれて初めて俺が『死ぬ』と思った場所へ。いいや、それ以上に危険な場所だってあるかもしれない。

「…わからない」

何故か涙が零れてきた。

「思い出すと、今だって身体が震えだしそうだ。あんな場所へ行くってわかってしまったら、笑って別れることはできないかもしれない。行かないで欲しいと思う時もあるかもしれない」

涙の幕の向こうで、倉木の顔が曇った。

「でも…、それでも離れられない」

だるい身体をゆっくりと起こして倉木の首にしがみつく。

「恋人がいても、遊びでも、それでもお前を好きだと思った。お前が危ない場所へ行く度に怖くて震えるかもしれない、泣き出すかもしれない。それでも、俺はお前の恋人でいたい」

悩んで、何も知らず一人で不安になるくらいなら、どんなに大きな不安でも全てを知っていたい。

一人でいるより、どんなに辛くても倉木と二人でいたい。

それが俺の出した答えだから。

「こんなセリフじゃ…陳腐かもしれないけど、俺は倉木を待っていたい」

自分だけのものでないのなら、キス以上の関係にはなりたくないと思っていた。

好きになって、それを恋愛に発展させて、一緒にいることが楽しいだけでいいと思っていた。

恋なんて、そういうものだと。

けれどお前とは違うんだ。

「上手く…言えないけど、恋愛っていい関係を続けるものだと思った。お前が俺に、俺がお前に何かを通じさせるものなんじゃないかって。だから仕事の話をしてくれない倉木が俺を愛してるっていくら口で言っても信用できなかった」

「それは…」

「でも、もう今はそうじゃないんだ。俺は関係なんかどうでもいいんだ。倉木が好きなんだ。自分が、倉木を好きなだけなんだ」

死ぬ、と思った瞬間にかけた電話。

色々言う言葉はあったのに、『好きだ』と言うことしかできなかった。それは俺の心の中のいらないものを全て剝ぎとったらそれしか残らなかったからだ。

どうでもいい。

お前の気持ちも、他の人間の存在も。倉木が好きで、好きなままでいさせてくれればそれでいい。そんな意味の『好き』なんだ。

「…お前…」

人が真剣に言ってるというのに、倉木は小さく笑った。

「何だよ」

「この状態でよくそんなセリフが吐けるな」

「だって仕方ないだろ、それが本当の気持ちなんだから」

勇気を出して言ったのに笑うなんて酷い。そりゃお前にとってはバカみたいで、独りよがりな気持ちかもしれないけれど、俺にとってはギリギリの選択だったのに。

けれど、彼の笑みの意味は俺が思っていたものとは違った。

「そいつは俺が今まで聞いたどんなセリフより強烈な愛の告白だぜ。ベッドがあって、抱き合ってる時にゃアブナイほど無防備な誘いだ」

見上げた俺の視線が彼の目と合う。倉木は困ったように肩をすくめる。

「これで我慢してくれって言うなら、俺は今すぐ帰らなきゃ」

静かに、胸の中で心臓が鳴る。

「それ、…俺と寝たいってことか?」

どうして自分からそんなセリフを口にしたのか、もうわからないとは言えない。

「当たり前だ」

相手の全てが手に入らないうちにこっちが全てを差し出してしまったら、簡単に扱われる、飽きられると思って踏み出せなかった最後の一歩。

「俺はお前を愛してるって言ってるだろ」

その一歩を、今なら踏み出せる。

「ならいいよ…」

目を外し、彼の逞《たくま》しい身体にぎゅっとしがみつく。

「欲しいならやる。俺も倉木が欲しい。あんまり上手くないと思うけど、それでもいいなら」

「お前、火事でビビって気持ちが不安定になってんだよ。今までずっと拒絶してたのにいきなりいいだなんて」

倉木が身体に巻き付いた俺の腕を強い力で引き剝がす。

「だがそれで我慢できるほど俺は行儀のいい男じゃないんだぜ」

そしてそのまま俺をベッドに押さえ付け、上から覗き込むように俺を見た。

「やらせろ、篠森」

ぎらぎらとした目で、俺を見ていた。

「骨までしゃぶらせろ」

心が震え出すような強い眼差しで。

貪《むさぼ》るようなキスで唇が塞《ふさ》がれる。

肉厚の唇が柔らかく、吸い取るように何度も合わせられる。

ベッドに乗らぬまま、傍らから両手で俺の頭を押さえ、まるで人工呼吸のようにクロスして始まったキスは、二度目、三度目と重ねるうちにぴったりと合わされる。

手は肩に降り、まるで俺が逃げ出さないようにしてるみたいに押さえ付けてくる。

逃げたりなんかしない。

自分から求めてるのだから。

だから応えるように彼の身体に腕を伸ばしベッドの上へ誘った。

シャワーも浴びていない、服もさっきのままでどこか煙の臭いが残っている。気にしないではないが、それをどうこう口にする余裕はなかった。

立ったまま抱き合ってするキスとは違う、セックスの前戯としてのキス。

身体の芯に疼《うず》きを生む口づけ。

「ん…」

キスがあんまりにも激しいから、それに続くことも全てそのままの勢いだと思った。

けれど倉木の手は壊れ物を扱うようにそっと俺のシャツのボタンを外した。

熱い手が胸に触れる。

指先だけで小さな突起を弄《いじ》られ、キスが呼び起こした疼きを大きくする。

酔いが残り、疲れが残り、頭は霞《かすみ》がかかったよう。

「あ…！」

彼の胸に触れていない方の手が下に下り、ズボンのファスナーから中へ差し込まれ変化を確実に徴《しる》す場所に触れた。

「その気でよかった」

手触りでわかってしまったのだろう、彼はそう言って笑う。

けれどその一言は羞恥を煽り、快感をも煽る言葉。

敏感になっている部分が大きな手で揉みしだかれ、掌《てのひら》を押し返す。

逆らう力の強まりが、俺の欲望の強さと知っているから、ある程度のところで彼は俺にズボンと下着を下ろさせた。

「恥ずか…しい」

手で顔を覆う。

こっちの部屋の電気を点けていなくてよかった。玄関の方から漏れてくるだけの光では、この痴態もさほどはわからないだろう。

「俺だって恥ずかしいよ」

嘘ばっかりだ。

キスを終えた唇は首筋を食《は》み、鎖骨を嘗めた。

「ん…」

それからまた顔の方へ戻り、耳たぶを軽く噛む。

「あ…ん」

恥ずかしくなるような声が、次から次へと喉を鳴らす。

「余裕ねぇなあ」

「そんな…当たり前だろ…」

「違うよ。俺が、さ」

耳元で笑わないで。僅《わず》かな振動も愛撫《あいぶ》になるから。

「顔を隠すのもいいが、俺の前開けてくんない」

「そんなの…、自分でしろ」

「俺の手は塞がってんだよ」

腕を下ろすと天井が見えた。首元に埋まった倉木の顔は見えなくて少しほっとする。

そのまま腕をそろそろと下へ伸ばすと、彼の服に触れた。

覆いかぶさる彼の身体が見えないから、服を辿るように肩から胸、胸から腹へ指を滑らせる。

「ん、くすぐってぇな」

「ごめ…」

背中を丸めてるのか、彼のそこは高い位置にあった。膨らむ形に手を伸ばし、ファスナーの引き手を探るために今度は下から上へ撫でるように上がる。その時倉木の身体がピクッと震えたことが意外だった。

倉木も、自分と同じ熱に浮かされているんだ。

何百回、何万回『好き』と言われるより、今ここで震えたわずかな変化の方が愛されている感じがする。

「早く下ろせ」

とせかされる言葉の方が、甘く響く。

音を立ててファスナーが下りると、彼のモノが自分と同じ強さで顔を出す。やっぱり俺も触れた方がいいのだろうか。やり方はわからないが、同じことをすれば同じように喜ぶだろうか。

「よせ…」

生暖かいものを摑むと、ガバッと倉木が起き上がった。

いつもの余裕のある顔じゃない。笑ってもいない。焦って赤くなった、子供みたいな顔だ。

「ヤりたいんだ。外で出したくない。触るな」

その言葉の意味はよくわからないが、俺は『触るな』と言われたから手を下ろした。

キスが降る。

胸に降る。

キスであったものが下の愛撫に変わる。

胸が濡れる。

愛撫をしていたはずの唇が、荒い呼吸を吹き付け、頭ごと肩口に落ちる。

「あ…」

『その言葉の意味』に気がついて喘《あえ》ぎではない声を上げてしまった。

「何だ?」

そうか、そういうことか。手が触れるだけで達してしまうほど、彼もキてるのか。外で出したくないということは…。

「倉木…、俺は女じゃない」

「は?」

「その…中へは…」

「ああ。大丈夫、とは言えないが俺は入れる。本当はローションかオイルがあればいいんだが」

「そんなものあるか」

「じゃあ仕方ないな」

倉木の身体が離れ、唇も指も離れる。

「ひっ……！」

そして次の瞬間、彼の濡れた舌が勃起《ぼっき》した下腹部を含んだ。

「あ…」

顔が熱い。

「や…」

身体が熱い。

熱くて、暑くて、息が苦しくなる。

「あぁ…」

燃える欲望が俺を焦がす。

あの炎のように。

焼かれて死んでしまいそうだ。

手で支えるようにそれを持ち、根元からゆっくりと嘗め上げる。頂点まで到達するとまた根元へ戻り、今度はそのまま後ろへ。

「ん…ふっ…」

両手で口を押さえ、声が漏れないようにしようとするのだが、上手くいかない。

堅くすぼめた舌先が、唾液《だえき》を送り込むようにそこへ差し込まれた。続いて指も。入れたり出したりしながらそこに彼が入りやすくするために俺の緊張を解こうというのだろうが、擦られる快感にどうしたって力が入る。

まるで、そこが彼の指を銜《くわ》えているようで恥ずかしい。

「ん…ん…」

呼吸音と喘ぎしかなかった部屋の中、わずかに水を嘗める音がする。

「本当はもうちょっと馴染《なじ》んでからのがいいんだが、悪いな。俺が我慢できねぇや」

倉木の顔がそこに見えた。

彼の熱が湿らされた箇所へ宛《あて》がわれる。

「口開けて、息を吐け」

手が自然に伸びて彼にしがみつく。俺がそうしやすいようにか、彼の都合でか、倉木は身体を丸め、上からかぶさって来た。

「ん…く…っ」

受け入れるために足が開く。彼の身体に割られて背中が丸まる。

痛みと快感がないまぜになって意識が飛ぶ。

「俺には…、自分から手を出す勇気がなかった…」

耳元の声は切なげで、真実に近い響きがある。

「大切過ぎて、強引にはできなかった」

いや、きっと真実なのだろう。

「案外フヌケだったんだな」

いつも強くて、自信たっぷりな倉木の中のやわらかい部分。

「好きだ、友弥《ともや》」

肩に服は残っていたが、その手は全てどこかへ消えている。

零れた露が、彼が動く度にその腹になすり付けられる。

「あ…っ、あ…っ」

振動に合わせて漏れる声が妙に規則正しく響く。

倉木を抱く手から力が抜けてゆくから、必死に爪を立てた。彼が痛くても、痕が残っても、いまのこの自分の痛みと苦しみと快感よりは楽だろうと。

「好き…」

ベッドが揺れて、倉木が長い息を吐いた。

怠惰を押し流す快感に、俺の神経は彼のモノに束ねられ、弾け飛んだ。

「あぁ…っ!」

まだ、この夜は終わりではない。これっぽっちの水では俺の炎は消えない。そう思いながら最初の絶頂を迎えた。

恋人の腕の中で。


ケータイは不便だと、倉木が言った。

家電なら本体に消したくない伝言を残しておくことができるが、ケータイの留守番メッセージは時間が来れば勝手に消去されてしまうから、と。

だから、そういう事に詳しい友人にメッセージを他に録音させたのだ、とも。

俺は意味がわからなくて、ただ曖昧《あいまい》に頷いたが、倉木はそのメッセージが一生の宝物だと言って笑うだけで説明はしてくれなかった。

ただ、憎むべき放火犯は、あの夜のうちに近くで警官に逮捕されたということだけは教えてくれたけれど。

店を元通りに戻すのには二ヵ月もかかるから、その間は無職になる。

海外から戻った池原先輩は、保険があるから大丈夫と言っていたが、俺はその間無職だ。

何もすることがない長い期間をどう過ごそうかと相談すると、倉木は笑って言った。

「お前に『俺の恋人』以外の肩書はいらねぇよ」

と偉そうに。

恋をする。

恋をしている。

俺の恋人は横柄で自信たっぷりで、強引で男前だ。

けれどほんの少し臆病なところがある。

そして俺は、不安や危険のない世界なぞいらないと思い始めている。

苦しむから、欲しいものがわかる。

追い詰められて、自分の気持ちがわかる。

安穏《あんのん》として、何事も起きない世界では、自分の望みすら見つけることができない。

だから俺は倉木が危ない仕事をしていても、彼が自分一人のものではないという不安を感じることがあっても、それはただ彼を愛している自分を確認するための事象なのだと思うようになった。

辛《から》くも苦くもない料理が美味《うま》くもないように、俺にとっては全てが必要だったのだろう。

「倉木が好き」

と、自分からさらりと口にしてキスを贈れるようになるために。

この恋のために。

コール・オン・ユー

恋をしているか、と聞かれれば自分の答えは一つだった。

恋はしている。

誰にも譲れない、何があっても失いたくない恋を。

「前よりちょっと狭くなったんじゃねぇか?」

その相手は、今自分の目の前でせっかく奇麗にたたんでディスプレイしたシャツを、興味半分で広げている男、倉木《くらき》だ。

「仮店舗だからな、文句は言えないさ」

「どうせならもっと表通りに面した場所に借りりゃあよかったのに」

「前のビルは先輩の父親の持ち物だが今度は違う、家賃を払わなきゃならないんだからこれでも随分いい立地だ」

「火災保険、入ってたんだろ?」

「火事になりました、はいお金ってわけにはいかないさ。不審火だから裁判にもなるし、色々大変みたいだよ」

「そりゃそうか。お、これも凄《すご》い柄だな」

言いながら無骨な手がまた別のシャツを広げる。

「倉木、手伝ってるのか邪魔してるのかどっちなんだ」

「あ、悪い」

怒られて素直に謝りシャツをたたみ直して、さっきまで続けていた作業に戻る。洒落《しゃれ》た『女性用の』セレクトショップにはあまり似つかわしくない体格のよい男。

この、少し粗野な優しい男を、自分は愛している。

恋人として、ずっと側にいたいと願っている。

以前の自分だったら、いや、今でも恥ずかしくて口には出せないが、心の中ではそう思っていた。

この男の、身勝手でありながらどこか臆病なところや、勇敢でありながら子供っぽいところに惹《ひ》かれているのだ。

彼と知り合ったのは酒の席での偶然だった。

だが出会いが何であれ、自分にとって彼は必要不可欠な人間なのだ。

それを認識させられたのは、一ヵ月ほど前の火事の時だった。

先輩の誘いで雇われ店長をしていたセレクトショップが火災になったのだ。命を落とすかと思った時、自分は誰が一番好きで、何を一番望んでいるのか、認識させられた。

死ぬのなら、彼に会いたい。

これで全てが終わるなら、彼に『好き』と言いたい。

炎に包まれながらそう思った。

そして、自分にはその事実を隠し続けていた倉木が、消防士として自分を助けに来た時、泣くほど彼がいてよかったと思った。

もちろん命が助かって、じゃない。彼にもう一度会えて、だ。

それまで、彼が危険と背中合わせであるその仕事を俺に隠していたせいで、どこかに距離を感じていたこともあった。

だが今は違う。

彼が大切で、彼との恋愛を一番に考えたいと願っている。

倉木はどうだかわからないが。

少なくとも、せっかくの非番の日に仮店舗の開店準備を手伝ってくれるくらいには愛されているだろう。

「ダンボール箱、あと幾つ開けるんだ?」

だがそれもそろそろ飽きて来たらしい。

「そこに出てるの全部だよ」

「全部開けたぜ」

「じゃ、そろそろ昼休みにするか」

「そいつはありがたい、もう腹ペコだ」

「バイト代は出ないが、昼飯くらいは奢《おご》るよ」

近づいて来る微《かす》かな革の匂い。

「バイト代はメシより他のものがいいな。下心アリで来てるんだから」

丁寧にグリースを塗って手入れをしている彼の革ジャンの腕が伸びて、最後の一枚のシャツをたたもうとしていた俺の身体を抱き寄せる。

「それは昼飯を食って、この商品に全部値札を付けてからだな」

「そんなの、他の連中にやらせろよ」

店は明後日が開店。

さすがに俺に店を任せっきりだったオーナーの池原《いけはら》先輩も、他の店員達も、明日には顔を出すだろう。

「明日には明日の仕事があるんだよ。手伝ってやると言ったのはお前だろ?」

「そりゃ、篠森《しのもり》が手伝わないと会ってくれないからさ。そうでなけりゃこんなチマチマしたことしねぇよ」

「仕方ないな」

以前は、彼の性急過ぎる欲求に戸惑うこともあった。

だが今はそれを自分も心から嬉《うれ》しいと思う。倉木に触れられることは喜びなのだ。

だから、自分を捕らえて離さない腕に寄りかかるように微笑《わら》ってみせた。

「いいよ、値札が付け終わったら、俺の部屋へ来るか？」

誘っているつもり半分で笑いながら頬《ほお》に近づく唇に自分から顔を寄せると、待ち切れないというように最後の距離を引き寄せられる。

「行く。行く。値札付けなんかさっさと終わらせてやるよ」

抵抗はしなかった。

「ゲンキンなヤツめ」

誰も見てない場所では、自分の望みが一番だから。

「まあな」

倉木の野性的な顔が視界一杯になって、口づけられる。

逞《たくま》しい胸に押し付けられるようにしっかりと抱かれ、重ねた唇の間からイタズラっぽく舌が差し込まれる。

応えて自分からも彼の腰に手を回すと、キスはより一層深く、長く続いた。

心が疼《うず》くように甘い時間。

いつまでもこうしていたい気もするが、このままここでアブナイことになってもまずいから、自分から身を捩《よじ》って離れる。

「ほら、『さっさと終わらせる』んだろ」

「チェッ、前払いが短過ぎるぞ」

幸福だった。

自分が『考えなければならないこと』はたった一つしかない。

それ以外は大したことではなく、ただ彼を好きでいればいい。

「で、メシはどこで食べる？　隣に随分こ洒落たカフェがあるが、そこにでもするか？」

そのつもりなのだが、世の中はそう簡単には行かなかった。

「いや…」

たたみかけだったシャツに再び手を伸ばし、彼から少し離れる。

「倉木はもっと腹にたまるものの方が好きだろう？　今日は俺もしっかり食べたいし、表通りで天麩羅《てんぷら》なんかどうだ？」

「昼間っから豪勢だな。いいぜ」

「じゃあ戸締まりだけ確認してくれ。これが終わったらすぐに出るから」

「ＯＫ」

隣にあるカフェが、嫌いなわけではなかった。ランチタイムならそこにも腹にたまるメニューがあるのも知っていた。

けれど、俺はその店に倉木を連れて行くことを躊躇《ちゅうちょ》した。

大した理由ではないのだが、少し気になることがあって、彼と一緒には足を向ける気にはならなかったのだ。

「さあ、行こうか」

それは自分の思い過ごしかもしれないが、それで倉木の機嫌を損ねたくはなかったから。

俺は『その男』のことを、彼に知られたくなかった。

隣のカフェに入ったばかりの、藤原《ふじわら》という男のことを…。

仮店舗として借りた場所は、以前店があった場所から五十メートルほどしか離れていないところだった。

丁度店を閉めることになっていた美容室があって、そこに入ることになったのだ。

おかげで、顧客も失わず、自分の生活圏も変えずに済んだ。

以前から昼食に利用していた場所の一つだったカフェ、『ロケット』が隣になったことも、嬉しかった。

店を決めてから、池原先輩と何度もここへ足を運んだ。下見や、内装や、商品の搬入など、開店前にやることは山のようにあったから。

忙しければ自然と昼食などは近場でとるようになる。近いと言えば隣より近いものはない。

今時はカフェメシという流れもあって、食事も充実しているし、頼めば簡単なものなら届けてくれるということでもあった。

つまり、ここのところ俺の昼食は隣のカフェが定番になっていた。

以前はヒゲのマスターと若い女の子のバイトが何人かだった。だがある日、いつもの通りに店を訪れると、そこには見慣れぬ背の高い男が立っていた。

それが藤原だ。

白いシャツに黒のベストとパンツのウエイター姿がとても似合うスラリとした姿。

明るい栗色の髪とどこか優しげな彫りの深い顔立ち。

既に店にいた女性客は興奮気味に彼を見てさざめき交わしていた。それほどのハンサムだったのだ、彼は。

アメリカから戻ったばかりという彼は、マスターから甥《おい》っ子だと紹介された。よかったら年も近いし、仲良くしてやってくれ、と。

初めて彼を見た時、これは歓迎すべき人物が現れてくれたと思った。

当然ながらウチの店は女性客が多い。

彼女達に駅から離れた店まで足を運んでもらうために、女性の好きそうな木製のテラスの付いたオープンカフェが隣にあるだけでもありがたいと思っていた。その上更にこんなモデルばりのハンサムが来てくれるとは。

そして言葉を交わすと、そんな申し訳ない下心とは別に彼の快闊《かいかつ》な性格に親しみも感じた。

女性ばかりの中で、自分が数少ない同年代の男性というせいもあっただろう。彼は行く度に声をかけてくれ、時にはテーブルに同席することもあった。

友人になった、と言ってもいいだろう。

それなのに倉木を彼のいる店へ連れて行きたくないと思ったのは、単なる自分の気の回し過ぎかもしれないが、藤原の態度に倉木が気分を害するのではないかと思ったのだ。

「篠森」

仮店舗の開店後一週間が過ぎ、やっと開店セールが一段落ついた日の昼食をとりに入った隣の店。

ドアを開けた俺の顔を見てその藤原が声をかけて来た。

「今日は軽目？　それともご飯？　ランチは角煮ご飯だよ」

平日の昼を少し過ぎた店内に客は少ない。

それでもいつも通り黒のベストに黒のパンツ、ソムリエエプロンを巻いた彼を目で追う女性客はいた。

「今日は軽いのでいいよ。後で甘いものも食べたいし」

「ハーブ鳥のサンドイッチは？　ボリュームはあるけど軽いし」

「ではそれを」

「飲み物は？」

「コーヒーを」

「甘いものは何にする？　今日はアップルパイとチーズタルトと、クレームブリュレが一個だけ残ってたかな？」

「…いや、食事が終わってから考えるよ」

「そう？　じゃ、ブリュレは隠しておかないとね」

にっこり笑ってカウンターの方へ消える彼の後ろ姿に、ほうっと肩の力を抜く。

力を抜く、ということは力が入ってた、ということだ。

客商売をしているのだから人が苦手とは言わないが、彼の明るさと積極性は自分にはあまり合わないのだと思う。

自分もどちらかと言えば派手な方ではないし、倉木は騒がしくはあるが、藤原とは違って、もっと慣れた粗野な感じだ。

けれど、藤原の明るさは、どこか芝居がかっているような、女性扱いされてるような、妙な違和感を感じてしまうのだ。

別に彼を嫌っているわけではない。

話は面白いし、人懐こいし、いい人だとも思う。

ただ、彼の言動に対して、つい肩に力が入ってしまうのだ。

言うなれば、レストランでの会食なのにピクニックのテンションで参加して来る、そんな感じだろう。

そんなものはそのうち慣れることだし、それが彼を倉木と会わせたくない理由ではない。

本当の理由は…。

「俺の昼食まだなんだけど、また一緒にいいかな?」

カトラリーをテーブルにセットするために戻って来た彼が、自分の左側から腕を伸ばす。

「構わないよ」

「じゃ、自分のも持ってこよう」

そしてその手が、背後から軽く俺を抱き締める。軽く、だけれど。

「ちょっと疲れた顔、してるよ」

「…ああ」

彼が他の客よりも自分に親しく声をかけるのも、年が近いとか、他が女性客ばかりなのだから、別に気にするほどのことでもない。

にっこりと笑いかけて来るのも、営業スマイルだと思えばいい。

だが、この接触過多なところはハッキリと苦手だと言ってもいいだろう。そしてこれが、倉木と同席させたくないところなのだ。

彼はアメリカで暫《しばら》く暮らしたというから、きっとそのせいなのだろう。だがこちらは日本育ちで、人に簡単に触れられることには慣れてはいない。

ましてや、彼の感情表現は豊かで、二日くらい中を開けてから来店した時などは、入って来た途端『久しぶり』と正面から飛びつかれたのだ。

他意があるとは思いたくはない。

自分が男性を恋人としているせいで気にし過ぎているのかもしれない。

だがあの単純な倉木のことだ、もしも二人でこの店を訪れていきなり他の男が自分に抱きついたり触ったりしたら、何かうるさいことを言い出すだろう。

一度しか行かない店でならそれもいいが、職場の隣でそんなことをされて気まずくなるのは避けたい。

だから、今まで一度もこの店に彼を連れて来たことはなかった。

「はい、お待ちどおさま」

テーブルの上に並べられる二つの皿。

パンから溢《あふ》れそうなほど中身が入ったサンドイッチ。

「美味《おい》しそうだ」

「お店、忙しい？」

目の前に座る藤原。

「いや、そろそろ落ち着きそうだよ」

「ここにもよく篠森の店の袋持った客が来るよ。順調みたいだね」

「それがセールの後も続いてくれればいいんだけどね」

「続くでしょ？　この辺りまで来る客は、買い物したくて歩いてる人ばかりだからね」

「買い物したくて？」

「ウインドウショッピングだけかもしれないけど、駅前からぶらぶら歩いて他で売ってないものを見つけたいって思ってるんじゃないかな。ウチのカフェでもそう、自分の家の近所にはない店だから入ってみる。帰ってから自慢するためにね。だからセレクトが間違っていなければ客足が絶えるってことはないいんじゃない？」

「そうかな？」

「不安？」

彼の目がじっとこちらを見る。

不躾《ぶしつけ》と思えるほど真っすぐに人の顔を見るのも、アメリカ帰りだからだろうか。

「まあ、なるようになるよ」

「でも篠森はいつも何か考えごとがあるような顔してるよ」

「そんなに不機嫌そうかい？」

「そうじゃない。自分でも気が付いていないのかもしれないけど、時々タメ息をついてることがある」

「そうかな…」

悩みはない。

けれど考えていることはあるから、苦笑する。よく見ているな、と。

「俺でよかったら何時《いっ》でも相談に乗るよ？　俺は篠森のこと好きだから、役に立ってあげたいんだ」

「ありがとう」

「社交辞令じゃないからね？」

手が伸びて、フォークを持った俺の手を握る。

ああほら、こういうのを倉木に見られたくないんだ。

「ね、篠森の休みって何時？」

「火曜日だよ」

「ウチと一緒だ」

「ここいらはみんなそうだろう」

「じゃあ今度の火曜日俺とデートしない？　相談はしてくれなくても気晴らしにはなると思うよ？」

「残念だけど、遠慮しておくよ。まだ休みにもしなけりゃならないことが一杯あるから」

「ワーカホリックだなぁ。『休み』って言うのは、仕事から離れるためにあるんだぞ」

お説ごもっとも、だ。

だから休日は気のいい友人と過ごすより、恋人とのデートに使いたい。

「俺と一緒だと楽しいよ」

「だろうな。藤原は明るいから」

「そう思うなら…」

「でも暫くは止めておくよ。せっかく再開した店だからね。軌道に乗るまでは手を抜きたくないんだ」

藤原は明らかに落胆した、というように肩を竦《すく》めてタメ息をついた。

「仕方ないなぁ。じゃ、せめて君が早く俺とデートしてくれるように、ウチに来る客にもお店の宣伝しておいてあげるよ。それと…」

「それと？」

「毎日お昼はここに食べに来ること。俺の愛で君を癒してあげるから」

「愛？」

「そう。俺が日本に戻ってから一番気にかけているのは篠森、君のことだ。毎日君のことばっかり考えてる。君も早くそうなってくれるといいな。友情だって両想いのがいいだろう？」

『友情』か。やっぱり、彼が自分にベタベタして来ると思うのは、彼のアメリカナイズされた生活習慣のせいだろう。

とてもじゃないが、自分には笑いもせずこんなセリフを言うことはできないだろうから。

「でも今は、俺の愛より栄養だね。プチトマトを一個あげよう」

そう言いながら、彼は自分のプレートから器用にフォークですくい上げたプチトマトを俺の皿へ移した。

「人間、食べて寝るのが基本だよ」

憎めない笑顔を浮かべて。


「これ、どうした?」

約束をしていたわけではなかったけれど、何となく立ち寄ったと言いながら倉木が顔を出したのはもう閉店間際のことだった。

食事でも一緒にどうだという誘いに喜び、あと少しだからレジの内側に座っていてくれ、と言ったのは自分だ。

いくらハンサムであろうと、あんなにゴツイ感じの男が外から見えていては、入ろうとした客もUターンしてしまうだろうと思って。

暫くは経費削減で夜はバイトも少なくしていたので、店の中は二人きり。

早く終わらせちまえと言う彼に、誰が見ていなくても仕事は真面目にするものだと言って店内の掃除をしていた。

退屈だったのだろう。

元来がさして落ち着きのある方ではなかったし、店の中には彼の暇をつぶせるようなものなど何もなかったから。

彼はカウンターの内側にあるブランドの紙袋に目を留めた。

「誰かへのプレゼントか？」

「ん？　ああ、違うよ。あげるんじゃなく貰《もら》ったんだ」

「今日、誕生日だったっけ？」

「違うよ」

「じゃ、何かお祝いか？」

「違うって。ただこの前ちょっと新しい手帳が欲しいって言ってたら藤原がくれたんだ。貰う理由がないし、高価なものだからどうしようかと思ってたんだけど…」

「藤原？」

倉木が紙袋の中身を取り出す。

立派な箱に入った手帳を見て、『ふうん』と小さく声を漏らした。

その時、初めて俺はしまった、と思った。

気にはかけていたのに。たとえ考え過ぎであろうとも、倉木に藤原の話はしない方がいいだろうと。

「藤原って誰？　新しいバイトか？」

ただ正直言って、自分にとって藤原の存在はさしてウエイトがあるわけではなかったし、自分にはそれよりも大きく心を占めているものがあったので、いつもそのことを考えていたというわけではない。

「いや、隣の店の店員」

日を重ねるうちに、藤原の言動にも慣れて注意を怠っていた。

「若い女？」

けれどやっぱり注意しておくべきだったのだ。

「男だよ。マスターの甥御さんだって」

「若い男が男に高価なプレゼントねぇ」

声の響きが微妙に変わる。

明らかに、『藤原』という男の存在に機嫌を悪くした声だ。

「言っとくが、喜んでもらったわけじゃないぞ。困ってるんだからな」

「困るような相手なワケだ」

「倉木」

「何焦ってんだよ、俺に知られちゃマズイような相手なのか？」

そう言われれば隠すわけにもいかない。

俺はチラッと入り口を見て、もう客が入って来ないことを確認してからレジカウンターへ近づいた。

「大したことじゃないよ。ただちょっと馴《な》れ馴《な》れしくされてるから困ってるだけだ。でもお隣なんだから冷たくするわけにもいかないだろう？」

けれどどうして人というのはこういう時に限ってカンがよいのだろう。

彼はまだ手帳を弄《もてあそ》びながら質問を続けた。

「どんなヤツ？」

「どんな…って、別に普通のヤツだよ」

「こんなのポンと買うんだから、金持ちなんだろ？」

「隣のカフェのウエイターだぞ？　失礼だが、そんなに金持ちってわけじゃないだろう」

「つまり、金持ちでも何でもない若い男が、さほど親しくもないお前に、ちょっと手帳が欲しいなって言っただけでブランド物の手帳をプレゼントして来たというわけだな？」

頷《うなず》きたくはないが否定はできない。

「…まあそういうことになるな」

「隣、まだやってるのか？」

「倉木？　何するつもりだよ」

「夕飯を食いに行こうってだけだ」

「隣の食事なんて女性向けの軽いものしかないぞ。いつもパンとか腹にたまらないから嫌だって言ってるじゃないか」

「後でガッツリ食えばいいさ。そうだ、お前、まだ片付けが残ってるんだろう？　先に行って隣で待ってるよ」

「倉木！」

叱《しか》り付けると、彼はフン、と鼻を鳴らした。

「お前も気づいてるからそんなに警戒してんだろ？」

「警戒って…」

「そいつがお前に気があるってことだ。顔ぐらい拝んでおかないとな」

「倉木」

「俺は仕事があって毎日ここへ来るわけじゃない、だがそいつはお隣で毎日顔を合わせるんだろう？　心配してヤキモチを焼くのは恋人として当然じゃないか」

彼が妬《や》いてくれる、というのは魅力的な言葉だが、それに流されてはいけない。

見るからに感情的な二人が顔を合わせたら何を言い出すか。

だが、その気になっている倉木を止めるのには、自分は役不足だったし、大義名分も見つけられなかった。

引き留めはしたものの、結局絶対に変なことを言わないという約束で隣へ向かうことになってしまった。

タメ息をつきつつシャッターを下ろし、隣のカフェの明かりを見る。

昼間オープンカフェにしている木製のテラスは、しっかりと窓が閉まっているが、中からは明かりが漏れている。

夜になるとワインを出すバールになると言っていたから、まだまだ客もいるのだろう。

いっそ、藤原がもう引けてくれればいいのに、と思った。会えなければ、わざわざ別の日にまで来たいとは言わないだろう。

シャッターにカギをかけ、裏口から戻ると、もう倉木は行く気満々で外に立っていた。

「戸締まりと電気、確認しといたぜ」

厭味《いやみ》ではないのだろうが、手帳の入った紙袋を差し出される。

「本当に行くの？」

「気にすんなよ、ちょっとコーヒーでも一杯飲んで、そいつの顔見たら出るから」

その言葉を信じたい。

俺は彼と肩を並べ、のろのろと隣の店の扉を開けた。

「いらっしゃいませ」

明るく響く男の声。

藤原の声ではなく、別の若いウエイターの声だ。

彼はいないのだろうか？

そう思った瞬間、背後から伸びて来た腕が、俺を倉木の隣からさらった。

「あ…」

「篠森。珍しいね、夜にウチに来るんて」

バランスを崩してその人物の胸に倒れ込む。

目の前では、倉木が驚き、そして嫌な目線を投げかけた。

「何だ、藤原さんの友達っすか？」

いらっしゃいと声をかけた男が彼の名を口にする。途端に倉木の顔はそれとわかるほど表情を無くした。

「違うよ、ウチのお隣さんだよ。昼間の常連さん。でも友達だとは言ってもいいかな？　ねえ、篠森？」

俺としては心の中で『呼び捨てにするな』と叫びたかった。

「ああ、悪いけど連れがいるんで放してくれるかな」

「連れ？　そのカッコイイお兄さん？」

酒が出ているせいか、店の中は昼間と違って騒がしかった。

そのことに感謝しよう。

「放してくれって言ってる時に放した方がいいと思うぜ、そっちの『カッコイイお兄さん』」

三組ほどいる客達はみんな自分達の会話に夢中で、二人のこの険悪さに注意を向ける者がいなかったから。

「ああ、ごめん。苦しかった？　つい愛があるから抱き締めちゃって」

冷たい空気が流れた気がした。

どちらも言葉の意味をわかって使ってるんだろうか、それともたまたま『そんなふうに』聞こえるだけなのだろうか。

ゆっくりと離れた藤原の腕に代わって、今度は倉木が近づいて来る。

口元は笑ってはいるが、心の底からの表情ではないことはすぐにわかった。

だから連れて来たくなかったのだ。

自分の失策ではあるけれど、俺は後悔した。

「さ、どうぞ。窓辺の席がいいよね？」

店員として、藤原は俺達を席へ案内した。

窓際の、人のいない辺りのテーブルを示し、俺のために椅子《いす》を引く。

断ることもおかしいので、そのまま腰を下ろすが、倉木は彼に椅子を引かせる間も与えず、

俺の隣へ座った。

「何になさいますか？」

あくまでにこやかな声で聞いてくる藤原に、倉木が「コーヒー二つ」とオーダーする。藤原はそれを受け、すぐに離れた。

「あの男か」

その背を見ながら倉木が冷たく言った。

「まだ聞こえるよ」

「聞こえたってかまうもんか。店員の値踏みくらい誰でもするだろう」

「でも…」

チラリとカウンターへ目をやるが、藤原の方はこちらに興味がないのかオーダーを通しているのか、カウンターの内側へ向かって何か話しているようだった。

「入って来ていきなり抱きつかれるのは日常茶飯事か?」

「そんなことは…」

「だがあまり驚かなかったな」

「倉木」

「別にお前を責めてるわけじゃない。ただ知りたいだけさ、俺が見てない時のお前の交遊録ってヤツをな」

「厭味だな」

「何だよ、ちゃんとおとなしくしてるじゃないか」

「どうだか」

「目の前で恋人が他の男に抱きつかれたんだぜ、おとなしくない男だったらその時点でキレてると思わないか?」

「シッ、こんなところで『恋人』とか言うな」

「誰も聞いてないよ」

彼はポケットからタバコを取り出し、一服つけた。

煙を避けて少し離れたが、いつものことだからそれについては何も言われなかった。

それにしても、想像していたこととはいえ、やはりカチ当たったか…。

自分でも、藤原の親しさに『そういうもの』は感じないではなかった。けれど、あの程度ならば学生時代の友人にもいたから、気を回し過ぎだと自分に言い聞かせていた。

だが、さっきの倉木の冷たい態度を見て、そのことに触れなかったことが気の回し過ぎなどではないという証拠となってしまった。

何も考えていないのなら、どうして彼がそんなに不機嫌そうなのかとか聞くものだろう。聞かなかったということは…。

「お酒、飲まないんだ」

目の前にいきなりコーヒーが差し出され、藤原がまた姿を現す。

「…ああ、まだ食事前だから」

考えごとをしていたから、近づかれたのに気づかなかった。

「ここで食事してけば？　お友達と一緒に。ねぇ、お兄さん。ここの食事も美味しいですよ」

だが、倉木の方は気づいていたようだ。動じる様子もなく、自分の目の前に置かれたカップに向かってタバコの煙を吹きかけている。

「俺は腹にたまるもんが好きでな、こういう洒落た店は合わないんだよ」

「でも篠森はここの料理が好きみたいですよ。毎日来てくれるし」

「近いからだろう。でなけりゃ、料理だけはイケルのかもな」

「料理以外って何です？」

「さあな、俺は初めて来たからわからねぇな」

いたたまれない。

どっちがケンカを売ってるのか、ケンカなどしていない普通の会話なのか。微妙過ぎてわからないが、友好的でないことだけはひしひしと伝わってくる。

「ここ、座ってもいい？」

「ウエイターだろ、働けよ」

上目遣いに藤原を見上げ、倉木は煙を吐いた。

その顔へ向けてではないことだけは大人げがあると言ってやろう。

「働いてるよ。ただ親しい友人と同席する許可くらいは貰ってるのさ」

返事も聞かず、彼が俺達の前へ座る。

「篠森、紹介してよ。こちらのお友達」

と、声をかけられても、俺が返事をする前に倉木が引き取ってしまう。

「紹介なら自分でしよう。俺は倉木だ」

「…俺は藤原です、よろしく」

もちろん握手はない。

あるのは険悪な雰囲気だけだ。

「そうそう、コイツに随分高価なプレゼントをくれたそうで。俺からも礼を言っとくよ」

「倉木」

何を言い出すのかと、慌ててテーブルの陰でジャケットの裾《すそ》を引いたが、倉木はそれを無視した。

「あなたが礼を？　何故」

「そりゃ、ありがたいと思うからさ。自分の大切なオトモダチに親切にしてくれる奴には、取《と》り敢《あ》えず感謝しておかなけりゃ」

「ふぅん…」

「だが、コーヒー一杯飲んだら俺達は帰るつもりだから、悪いがさっさと席を外してくれないか？　もっとも、この店がフロアレディ代わりに男を座らせるっていうなら話は別だが」

「あはは…、残念ながらそんなサービスはしてないな。できれば君ともお友達になりたいと思ってるんだけど」

「そいつは残念だな。俺にその気はない」

「どうして？」

「あつかましいヤツは好きじゃないんだ」

倉木が笑って言ったその一言を最後に、二人は黙って見つめ合った。

そして一拍おいて、藤原の顔にも笑みが浮かぶ。

どちらの笑顔も、『笑う』顔じゃない。これでも客商売、そのくらいの表情を読むことくらいはできる。

「じゃ、君と親しくなるのはまたの機会ということにしよう。篠森、また明日ね」

「…え？　ああ」

俺は二人のように上手く笑顔を作ることができず、少し引きつった顔で頷いた。

今日のところはその返事だけで満足してくれたのか、これ以上の会話は意味がないと思ったのか、彼は来た時と同じようにスッと立ち上がり、離れて行った。

明日、何か言われるかもしれないが、とりあえず今は一段落だ。

「いけすかない男だな」

こっちはまだ一段落でないようだが。

「何言ってるんだよ、ケンカ売って」

「売ったのは向こうさ。…もう二度とここへ来るなってほどガキじゃないが、ここでメシを食う以外であいつと出歩くなよ」

倉木の心配なんて、全くの杞憂《きゆう》なのに。

藤原がどんなにいい青年であったとしても、自分の気持ちは決まっているのだから。

「そんなことしないよ。手のかかるのが一人いて、よそ見する暇もない」

「手のかかるのって俺か？」

やっと倉木の顔が和む。

「当たり前だ。こんなことぐらいでうるさく言うガキなんだから。ほら、さっさとコーヒー飲んで食事に行こう。俺はもう腹ペコだよ」

「その案には賛成だ。もっとも、俺はメシを食って一杯入れた後のお前に腹ペコだけどな」

「…ばか」

藤原の視線を気にして、俺はすぐに彼を連れて店から出た。

あの様子では遠からず、というか明日にでも何か言われるだろう。それは覚悟を決めてもいいが、それなら今余計なことを考えたくはない。

コーヒーの代金を払って暗い外へ出ると、俺は隣に立つ男の顔を見上げた。

きっと倉木はわかっていない。

俺がどれだけ彼のことを好きなのか。

自分が藤原を気に入っているのは、近くにいた親しげな同性だからだ。

頭の中はいつもお前のことばかり、なのにわざわざ騒ぎのネタを作りに来るなんて。

「さて、今度は本気でメシ食おうぜ。酒を入れてもいいようにバイクも置いて来たんだし」

人の気も知らず明るく言う倉木に少し腹を立てながら、俺は軽くタメ息をついた。

本当に、俺のことなどわかっていない男だ。

そのことを感謝するべきか、恨むべきか、と…。


倉木のことを好きになったのは、彼が男として憧れの対象にいたからだった。

率直に言えば『カッコイイ』と思ったのだ。

もっとも、その感想はいまや微妙だが。

恋愛に踏み切ってからも、俺にとって倉木という男のウエイトは大きかったが、それでも日常生活の中に恋愛がある、という状態のままだった。

それが変わってしまったのは、あの火事の時だ。

彼が女性と歩いているだけで動揺し、彼が自分に隠し事をしていると思っただけで悲しくなった。そのあげく、火災に巻き込まれて自分の命が終わると思った時、自分の中の優先順位が突然強制的に決められてしまった。

人間、誰でもそうなのかもしれない。

生きるか死ぬかというギリギリのところへ来ると、自分が本当に欲しかったもののことしか考えられなくなってしまう。

そして俺にとってそれは倉木だった。

仕事よりも、友人よりも、いいものを食べたいとかいいものを着たいとか、金を稼ぎたいとか、そんな欲望よりも、彼に側にいて欲しいという思いしかなかった。

死ぬなら、彼の腕の中で死にたいとさえ思った。

助けられ、平穏な日常に戻った今でさえその気持ちに変わりはない。

それがいけないのだ。

自分が考えるのは倉木のことだけ。

けれど倉木のことしか考えていない自分がいることを彼に知られてはいけない。

これが今一番自分の頭を占めていることだった。

もしも、彼が何も考えずにこの言葉を聞いたら、きっと手放しで喜んでくれるだろう。

単純な男だから、もっと言えぐらい望むかもしれない。

だが彼の仕事はそれを許してはくれないと思う。

彼が命を懸けて消防の仕事に臨んでいることはわかっていた。それが天職だと思うほどに大切にしていることも。

俺は、その背中が怖い。

自分が炎の中に身を置いたことがあるから、『現場』の危険はよくわかっていた。一歩間違えば、耐火服を着ていようが何をしようが、命は簡単に失われるだろう。

彼の今までの相手はその恐怖に耐えられなくて別れたのだとも聞いた。

行くな、とは言わない。

生きて帰って来てくれればいいとは思える。

けれど彼が生きて戻らない日が来たら…、俺はきっと彼を追うだろう。もうそれほど彼に縛られているのだ。

それを知られたくなかった。

だってそうだろう?

それではまるで『お前が死んだら俺も死ぬ』と脅しているようなものだ。

これから全てを懸けて仕事に臨もうという人間に対して向けていい言葉じゃない。

だから、俺はこれほど彼を愛しているというのに、それが伝えられなかった。

藤原なんか関係ない。

どんな人間が出て来ても、もう目に入らない。

仕事を辞めてでも、ずっとお前と一緒にいたい。

そんな気持ちは知られてはならないのだ。

自分にとっての全てが何であるか、当の本人には知られてはいけない。

それが自分が今考えるべきただ一つのことだった。

こんなに人を好きになる日が来るなんて思わなかった。

誰かに依存するように生きる自分がいるなんて、思いもよらなかった。

だがこれが現実だった。

翌日、思った通りと言っては何だが、わざわざ会いに店へやって来た藤原を見た時に不謹慎にも心の中で呟《つぶや》いた。

もしも、少しでも彼に心が動いたら、もっと楽だったのか、と。

彼のことを考える以外の余裕があればいいのに、と。

そんなことも知らず、藤原はにこやかに歩み寄ると、レジにいるバイトに聞こえないように俺に近づいて来た。

「ちょっと顔を見に寄ったんだ。昨日の様子じゃ、篠森が会いに来にくいだろうと思ってね」

「そんなことはないよ」

「そう？　だったら店で待っててもよかったかな」

店に出る前なのだろう、藤原はいつもの黒ずくめではなく、明るい色のシャツに身を包んでいた。

　普段見る姿より少し子供っぽく感じる姿とは反対に、その顔はいつもより大人っぽいというか、悪そうに見える。

「昨日の人、倉木さんだっけ？　あの人、篠森の恋人？」

　囁《ささや》くように問いかける言葉。

　こうなった以上隠す方がめんどうなので、言葉少なにそれを肯定する。

「まあね」

「だと思った。敵意剝《む》き出しだったもんね、彼」

「悪かったな、気まずい思いをさせて」

「とんでもない。俺にとっては嬉しい出来事だったよ」

「嬉しい？」

　彼はチラリとレジを見て、バイトがこちらに注意を向けていないことを確かめてから言葉を続けた。

「篠森も、もう気づいてたんだろう？　俺にその気があるって。だからあいつを連れて来たんだろう？」

「それは違う、あれは勝手に…」

「ノン気の人間には『好き』と伝えるのに時間と勇気が必要だけど、同好の士だったら話は早い。篠森の恋愛対象に『男』が入ってるなら、今度は俺のことも考えてくれないか?」

「…藤原」

「すぐにとは言わない。でも付き合ってみないとあいつより俺の方が上か下かはわからないだろう? だからチャンスをくれ」

「チャンスはないよ」

「そうつれないこと言わないでくれよ。俺は本気なんだから。自分で言うのも何だけど、俺はいい男だよ」

そうかもしれない。

ルックスは女性達を虜《とりこ》にするほどだし、仕事も真面目だし、明るく優しいのは見て知っている。その上、こういう話をする時も周囲に気を遣ってくれる。

けれど、それでもダメなのだ。

「お昼、今日はロコモコだって言ってたから食べに来て」

「藤原」

「俺のせいで客を減らしたなんて知られたらおじさんに怒られちゃうから、絶対だよ」

「それは構わないが…」

「そして俺を篠森の友達のリストの上の方に書き込んでおいて。今はそれで我慢するから」

「藤原」

「いつか、恋人に昇格したいけどね」

可哀想に。

俺がお前に思ってやれることはそれだけだ。

たとえ本気で俺のことを好きなのだとしても、遊び相手として求めているのだとしても、俺にはお前のことを考えてやる余地なんかないのに。

「しつこくすると嫌われるから、今はこれで戻るよ。店に遅刻もしたくないし。でも絶対お昼には来てくれ」

「…わかった。店には行くよ。でも藤原のことは…」

「ストップ」

彼は言いかけた俺の唇を指で押さえた。

「今はそこまででいい。それ以上は聞きたくないからね」

そして何事もなかったかのようににっこりと笑うと、すっと身体を引いた。

「それと、今度いい話があるからゆっくり二人きりで話そう。篠森が喜ぶ話だよ」

手を振り、藤原が店から出てゆく。

その姿を見送りながら、やはり自分が考えているのは倉木のことだった。

彼が手を振って出て行く先が藤原のように隣の店程度であればいいのに。それならば自分の気持ちを簡単に口にできるのに。

何よりも大切に思っているから、どんな時も俺のことを忘れないで。どこへ言っても何をしてもいいから、必ず心の中に俺を置いておいて、と。

他のことなど考える余地もない場所に行く人だとわかっているのに、他のことを考えれば命が危ないとわかっているのに、そんなことを望んでしまう。

実際、倉木にそんなことを言ったとしても、彼はただ喜ぶだけでそれを実行してくれるとは限らない。この悩みは一人相撲かもしれない。

けれど、彼の命を脅かす可能性があるものは全て排除してしまいたかった。

「いらっしゃいませ」

藤原と入れ違うように入って来た女性客に営業スマイルを浮かべながら、俺は頭に他のことを入れようと努力した。

彼のこと以外を考えなくては。自分は彼だけで成り立っているのではないのだから。

そう思おうと努力した。

「新色が出てますよ、合わせてみますか?」

努力しなければならないこと自体が、もうマズイ状態なのだとわかっていながら。

昔、電話は家に固定されたものだった。

黒電話と呼ばれた時代のことだ。それは一家に一台しかなく、かける方も受ける方も、家にいなければ繋《つな》がらないものだった。

相手が電話に出る時は電話の前にいる時、と限定される。家に居て、くつろいでいなければ電話に出ることはできないのだから、繋がるイコール電話をかけてもいい状態にいる、ということになる。

公衆電話が乱立し、どこからでもかけられるようになっても、やはり受ける方は電話の前にいなければ繋がることはない。

電話をするということは、相手の場所を確認する、ということでもあった。

だがそれを変えたのは携帯電話だ。

かける者も、受ける者も、その機械を持ち歩くことでどこにいても繋がる新しい電話。

相手が家にいなくても、公園でも、飲食店でも、電車の中でさえ、電波が届けば捕まえることができるのだ。

それは便利なことなのかもしれない。

けれどある意味相手の都合などおかまいなしに押しかけてゆくことに似ている。

繋がることが当たり前で、繋がらなければ不安にさえなってしまう。

どうして出ないのか、自分からの電話だとわかっていて拒否しているのか、それとも出ることのできない状況にいるのか、と。

繋がれば繋がるで、『誰か』といつも一緒にいるような疑似感覚に溺《おぼ》れさせられる。

側にいてもらえないのなら、せめて声だけでも耳元で聞かせて欲しい。そしてその望みは電話一つで叶うのだ。

何でもないことでもすぐに電話して、自分は一人じゃない、この先には相手がいて繋がってるのだという安心感を求めるようになる。

小さな機械に振り回され、繋がっても、繋がらなくても、自分の寂しさを埋めるためだけに相手にアクセスし続ける…。

自分は、今までケータイに依存したことはなかった。

ケータイを持ってはいるが、あくまで必要な時にしか使わず、すぐに手を伸ばすということもなかった。

電話は電話だ。

それ以上でも以下でもない。

機械で繋がるよりも、繋がりたい相手がいるのなら直接会えばいい、と思う方だった。

なのに今は違う。

仕事を終えて戻る自分の部屋、疲れた身体を風呂で解《ほぐ》してルームウェアに着替えると、つい目が行くのは据え付けのファックス付き電話ではなくシャンパンゴールドの小さな機械。

倉木と会うためには彼を呼び出さねばならず、呼び出すためにはこれを使わなくてはならないのに、自分はそれに手を伸ばすことができない。

今彼が何をしていても、出動さえしていなければ彼に繫がるだろう。

仕事をしているならば電源をオフにしているだろう。

電話をかけてみればどちらであるかはすぐにわかることだ。

でも…。

俺は濡《ぬ》れた髪をタオルで乱暴に拭《ふ》きながら目を逸らした。

もう電話がかけられない。

彼があんな仕事をしているとわかる前までは、気軽に電話をかけていた。

声を聞きたいとか、会う約束をしたいとか考えるだけでそれに手を伸ばしてボタンを押したし、繫がらなくてもしょうがないなと笑っていられた。

だが今はダメだ。

電話が繫がらなければ、彼が危険な場所にいるということになる。それは彼が命のやり取りをしているということ。

彼を笑って送り出すことができるのは、離れている時そのことを考えないようにしているからだ。だが考えてしまえば不安に襲われる。

繫がることを思っても、同じだ。

消防のことはわからないが、勤務時間が九時から五時じゃないことぐらいはわかっていた。二十四時間、彼が今働いているのか休んでいるのか、時計では判断がつかない。もし夜勤ならば夜中通報の電話を待って緊迫して待機しているだろう。仕事を終えて家に戻っていたとしても出動があった後ならば、泥のように疲れて眠っているかも。

どちらにしても、電話は彼の邪魔をするかも。そう思うと手は止まってしまう。

考え過ぎなのはわかっていた。

そこまで難しく考えなくてもいいと、自分でも思う。

倉木だって、家で暇そうに転がっている時間はあるはずだ。電話は彼の暇を埋め、喜ばすことになるかもしれない。

けれど、自分が何かアクションを起こすことで彼の足を引っ張ることになるかも、と考えると、悪い結果ばかりを考えて勇気が出ない。

何かをして、いい結果と悪い結果が半分ずつの確率ならば、悪いことを引き起こさないためには何もしないことだ。

彼に好きなことをさせてやりたい。

彼に無事でいて欲しい。

そう思う気持ちが強くなれば強くなるほど、身動きがとれない。

好きになればなるほど、自分から距離をとらなくてはならないなんて、皮肉なもの。

けれど仕方がない。

大切な人を大切にしたいと願うのなら、そうするしかないのだ。

そして…、自分にとって電話は重要な用事がない限りこちらからかけてはいけないものになってしまった。

いつでも繋がるべき機械は、繋いではいけないものになった。

ケータイは嫌いだ。

使えない便利なものは腹が立つ。

こんなものがなければ、欲も出ないのに。

俺は誘惑するようにテーブルの上に置かれているそれにまた視線を戻し、今度は手に取ると立ち上がって壁にかけたスーツのポケットへ落とした。

これでいい。

鳴れば聞こえるのだから、不自由はない。

視界に入れば『かけたい』という欲求が生まれるが、見ていなければ忘れることができる。

それが逃げであっても、今はそうするしかない。

本当は、彼の声を聞きたかった。

今すぐにでも電話をかけて、耳元で囁いて欲しかった。

あの腕が自分に触れる時の快感を思い出して、幸福に浸りたい。

まるで十代の恋愛のように、熱に浮かされている。

タブーがあるから、余計燃えるってヤツなんだろう。やってはいけないと思えば思うほど、電話に手が伸びそうになる。

声を聞いた時の喜びを想像する。

だが、ただ一人、声に出して名を呼びたい人は、呼んではいけない人。

彼がこちらを向いている時には抱きついても構わないが、一度背中を向けられたらもうすがりついてはいけない。

こんなこと、彼に言ったらきっと『やっぱり俺が危険な場所に行くから怖くなったのか?』と言われてしまうだろう。

だからかけない理由も言えない。

そうじゃないのだ。

怖いことは怖いけれど、それを理由にはもう別れられない。

自分が望んでいるのは、彼にベストな状態で現場に臨んで欲しいということだけ。

今なら、仕事が再開して忙しいのだという理由があるから彼も納得してくれる。冷たいと思われても、足手まといよりはいい。

ケータイがなければ、自分だってもっと簡単に諦《あきら》めがつくのに。なまじあんな機械があるから、こんなに心が揺れる。

風邪をひかぬよう、タオルで拭いた髪にドライヤーを当てる。

どうせドライヤーの音で声は聞こえないのに、テレビをつけてからスイッチを入れる。

嵐のような轟音《ごうおん》が耳を塞《ふさ》ぎ、頭の中を空っぽにする。

この音のように、何かが自分の悩みを攫《さら》っていってくれればいいのに。

楽しい時間だけを考えて、彼と甘く過ごせればいいのに。

そんなことを考えながら、俺はハンガーに掛けられたスーツに目をやった。

鳴って欲しい、と願っているさもしい気持ちで。


個人が何を考えていようと、世間というものは刻々と過ぎてゆくもので。俺が倉木とのことで頭を悩ませている間にも、店は順調に再稼動していた。

「保険の支払い、失火じゃないから、全額下りたよ」

池原先輩はようよう胸を撫《な》で下ろした、という顔で書類を差し出した。相変わらずの髭面《ひげづら》だが、心なしか少し痩《や》せたようにも見える。

「俺が見てもわかりませんよ」

「いいから、ちゃんと見ろ」

「…はい」

篠森は店長なんだからちゃんと説明したい、という先輩は今日突然店に現れて俺を連れ出した。近いからという理由で、この隣の店へ。

藤原はマスターから先輩が店のオーナーであることを聞かされていたのだろう。水を運んで来た時に『どうも、伯父がいつもお世話になっています』と挨拶《あいさつ》をして行っただけで、後は近づいて来なかった。

まだ午前の早い時間だから客も少なく、隅のテーブルに陣取ったこちらが仕事の話をしているのが聞こえているはずだ。

だから邪魔をしてはいけないと判断したのだろう。こういうところは社会人としてのわきまえのあるタイプのようだから。

保険金の額だの、支払いのシステムだの、書類を示しながら一つ一つ説明をする先輩の声が少し大きく響く。

普段はこんなに大きな声の人ではないのに、つい力が入ってしまうのだろう。裕福な人ではあるが、やはり今回のことは相当きつかったに違いない。

俺は細かな説明を頭に入れながら、何度も頷いた。

「何とかなりそうでよかったですね」

「ああ」

「店、これからどうするんです？　今のところで本格的に腰を据えるんですか？」

「いや。あのビル、元々親父のものだったろう？　で、今回どうするか話し合ったんだ。それで、ビルごと建て直して、また一階を貸してもらうことにした。これもお前のお陰だよ」

「俺の？」

「そう、篠森がちゃんと儲《もう》けを出してくれてたからな。新しく他人に貸すよりもう一度息子に貸した方がいいって言ってくれたんだ」

「そんな、それは奥様の商品のセレクトがよかったからで…」

「その久利子《くりこ》なんだが…」

先輩は短く刈り込んだ頭を照れたように撫でた。

「実は子供ができてな」

「え…、あ、おめでとうございます」

言ったと同時に無骨な顔が赤くなる。

「うん、まあな」

「まあなじゃないですよ、本当におめでたいことじゃないですか」

「いや、ああ、うん…。まあそれでだ、新しい店の設計とかも手をかけたいって言うんだ。いいかな？」

「なんで俺に許可なんか取るんです？　いいに決まってるじゃないですか。先輩の店なんですから」

「そうじゃないぞ、あれは俺達三人の店だ。俺達夫婦は好き勝手やってるだけだが、それを商売として切り盛りしてくれたのは篠森だ。だからちゃんとお前の許可を取りたいんだ」

その言葉に、俺は不覚にも胸が熱くなった。

いくら大学の先輩後輩とはいえ、やはり主従関係はあると思っていた。あれはあくまでも先輩の店で、自分は雇われただけの店長なのだと。

だが今の言葉は自分も店の経営の一翼を担っていると認めてくれた発言だ。

「…ありがとうございます。そんなふうに言っていただけて、とても嬉しいです」

「何言ってる、本当のことだろ。それでな、あいつ今まだパリにいるんだよ。安定期に入るまで飛行機乗せたくなくてさ。来月戻って来るから、三人で新しい店の細かい打ち合わせとかもしような」

「はい」

この人が、何でもない自分を見つけて、一緒に仕事をしようと言ってくれた時も、とても嬉しかった。

誰かに認められる、ということがこんなに嬉しいものかと、初めて知った。

激しい恋愛感情とは全く違うものだけれど、この人にはとても大切な気持ちを貰っていると思う。

「そうだ、そう言えば俺の友達が近くにレストラン開いたんだよ。よかったら今度お前も行ってやってくれよ」

「レストランですか？」

「うん、隣の駅なんだけどな。『飛燕亭《ひえんてい》』っていう洋食屋なんだ。フードプロデューサーって言うのか？　何か色々な店をコーディネートしてくれる人に頼んで作ったとかっていう洒落た感じのとこなんだ。ええと、確か店のカードを貰って…。お、あった。これだ」

池原さんはスーツのポケットを探り、簡単な地図も刷り込んであるショップカードを取り出した。

「俺も行ってみたんだけど、美味いぜ」

「へえ。ああ、ここなら電車に乗らなくても歩いて行けるくらいですね」

「そうなのか？」

「先輩、ここいら歩いてないでしょう」

「近所は歩いてるよ。ただ隣の駅まではなぁ。篠森、歩いてるのか？」

「一応ね。お客様との会話にも必要ですから」

「お前、そういうとこが真面目だよなぁ」

先輩は素直に感心してくれたが、本当の理由はそう褒められたものではない。

自分だって、そんなに散策をする方ではなかった。

俺が周囲の地理に気を配るようになったのは、ここいらが倉木の管轄だと知ってからのことだ。そして彼が仕事の帰りにウチの店へ寄ることが多くなり、彼とのデートがこの近所になることが多くなったからだ。

けれどもちろんそんなことは言えないから、俺はただ笑ってごまかした。

「ありがたく、今度の休みにでも友人と行きますよ」

「そうしてやってくれ。さて、それじゃもう一つ店のことだけどな」

その後、一時間ほど仕事の話をしてから、先輩は書類の山を残して帰って行った。

店に戻ると、客は丁度三人組の女性客が騒がしく服を選んでいる最中で、ずっと一人にされていたバイトが俺を見てほっとした顔をした。

考えなければならないことは多い方がいい。

仕事は忙しい方がいい。

彼のこと以外が、自分の中にもっと多くなればいい。

ポケットの上からそっと鳴らないケータイに触れながら、俺はそう思った。

なのに、時に偶然というのは残酷なものだ。せっかく池原先輩のお陰で恋愛とは違う気分に満たされていた自分のポケットの中で、そのケータイが鳴り響いたのだ。

客の手前、再び店の外へ出てから電話を取り出す。

出るまでもなく相手がわかる。彼のだけはすぐにわかるようにと、着信のメロディを変えていたのだから。

「はい、もしもし」

それでも、何げない振りをして出た俺の耳元に、あの声が響いた。

『篠森か？　俺だよ』

距離を持とうと思っていたクセに、俺の心はその声だけで喜びに震えた。

『今度の休み、合わせたからまた会おうぜ』

倉木の、そんな一言で。


店の定休日、約束していた駅前に現れた倉木はちょっと眠そうな顔だった。

「眠れなかったのか？」

それほど忙しかったのか？　と心配そうな目を向ける俺にあくびを嚙《か》み殺しながら首を横に振る。

「反対だ。ちょっと忙しかった後にぽっかり間が空いたんで、寝過ぎた」

それはよかった。

もし睡眠不足なのだったら、このまま帰ってもらわなくてはと思ったから。

彼を気遣いはするけれど、やっぱり一緒にはいたいのだ。

「ここんとこ乾燥続きだったろ？　それで何件か火災が続いたんだが、今度は続き過ぎてみんな警戒してくれてるらしい。昨日も一件も出動がなくてな」

「いいことじゃないか」

「悪いなんて言ってないじゃないか。ありがたく『暇』を享受してるさ。おかげでぐっすり眠り過ぎて頭が痛い」

「大丈夫か？」

「ああ、どっかでコーヒーの一杯も飲めばな。おっと、あの店以外でだぞ」

あの店、とは聞くまでもない。藤原のいる『ロケット』のことだろう。今日は先輩に紹介された店へ行こうと思って店のある駅前で待ち合わせたから、ここから『ロケット』へはすぐなのだ。

「喫茶店なら掃いて捨てるほどあるんだから、わざわざ遠くまで行く必要はないだろ。そこのスタンドでもいいぞ」

駅の真ん前にあるチェーンのコーヒー店を指さしてやると、彼は頷いた。

「ああ、それで十分だ」

信号が変わるのを待って横断歩道を渡り、店の中に入る。

紙コップで供されるコーヒーを二つ頼んで、小さなテーブルを挟み高いスツールに腰を下ろして向かい合う。

「店の方、どうだ？」

正面にある倉木の顔を見ているだけで、口元が緩みそうだ。

「まああだな。ああ、そう。保険が下りたんで、前の場所にまた店を建てることに決まったよ」

見慣れているはずなのに。

「そいつはよかった」

「どうしてお前が？」

「俺の管轄から離れると遊びに行きにくくなる。管轄内なら帰りにでも寄れるんだけどな」

「仕事中と言わないだけ真面目なセリフと思っとくよ」

「仕事中は制服だからな。出入りされると営業妨害になるだろ」

制服か…。

見てみたい気もするが、それはそれで彼の仕事を彷彿《ほうふつ》とさせそうで微妙なところだ。

「そういえば、今度ウチの署からハイパーレスキューの訓練に回るヤツがいて。人手が足りなくなりそうなんだ」

「ハイパーレスキュー？」

「人命救助の最先端さ。災害救助なんかで活躍してるだろ？　瓦礫《がれき》の中とか入ってくヤツ」

「ああ、ニュースで見たことがある」

だがそれは今以上に危険なことなんだろう？　とは聞けなかった。

「推薦なんかも必要なんだが、俺も行きたかったな」

「お前も…？」

「ま、そうなると転属させられたり色々大変だから、考えどころだけどな」

「…ああいうのはもっと真面目な人間がなるもんだろう。お前みたいなヤツにはもったいない仕事だ」

いや、きっと似合うだろう。

息の抜き方も心得ていて、根が誠実なお前にはピッタリだと思う。

でも俺は否定した。

行かないで、と言う代わりに。

お前が今以上の危険に身を晒《さら》されることも嫌だし、離れてゆくのも嫌だ。だがその言葉に困った顔をするであろうお前も見たくなくて。

「そうだなぁ、俺には今くらいが丁度いいかもな。ただエリートなんだぜ」

「俺はエリートを好きなわけじゃないぞ」

その言葉に倉木がにやっと笑う。

「じゃ、どこが好きなんだ？」

「こんなとこで言うことじゃない」

「それなら別の場所で聞かせてもらおうか」

「考えておくよ。それよりさっさと飲め、そろそろ行くぞ。昼になったらいくら平日でも混むだろうからな」

「もっとゆっくり飲ませろよ」

「店で並ぶ覚悟があるならいいぞ」

池原さんが紹介してくれた店が、並ぶほどのものなのかどうかはわからなかったが、この会話を続けたくなかったからそう言った。

一つ嘘をつくと、それは幾重にも広がり、重なり続けるものだというのを聞いたことがある。その通りだ。

俺はたった一つの気持ちを隠すために、何だかつまらない嘘ばっかり重ねている。

「飯食ったらどうする？」

「買い物に付き合ってもらおうかな。大通りのところに大きな子供用品の店があるだろう。あそこに行きたいんだ」

「子供用品？　何でまた」

「池原先輩のとこに赤ちゃんができたんだ」

「池原って、お前んとこのオーナーか。めでたいじゃん」

「だからお祝いを買うのさ」

倉木は手の中の紙コップを混ぜるように揺らした。

「俺は自分の子供はいらないタイプだからな。先に言っとくぞ」

「何？」

「俺の愛情の許容範囲は一人分だけだ。だからいらない心配はするなよ。関係ないかもしれないが、先に言っておく」

その言葉の意味に気づいて、俺は笑った。

「子供が欲しくなったら養子でも取るさ。俺は子供は好きだよ」

「気にしないのか？」

「お前がそんなに繊細だって知ってビックリしたよ」

そこまで考えてくれたのかと思うと、嬉しくなる。

俺達の間に子供ができることはないだろうが、子供のいない夫婦はいくらでもいる。それを気にする、ということは考えてもみなかった。

だが彼がそれを気にするな、と言ってくれたということは、そんな事実を彼が気にしていたとしても自分を望んでくれているということだから。

「で、出るのか出ないのか？」

「出るよ。腹ペコだ」

「倉木はいつも欠食児童だな」

「飯を理由にしか会えないからさ。俺としては何なら一緒に住んでもいいと思ってるくらいだ。そうしたら飯以外の時も一緒にいられる」

「生活時間帯の違う人間と？　それは嫌だな。振り回されたくない」

「チェッ」

「お前だって疲れて寝てる時に隣でガサガサやられたくないだろう？」

「やってる人間によるさ。じゃ、行こうか」

もし一緒に暮らせるなら、それは夢のようなことだろう。仕事以外のお前の時間を独占できることになるのだから。

けれど一緒にいるのが当たり前になると、いない時がより辛《つら》くなる。

だから離れている方がいい。

これもまた消極的な考えだ。

自分が、小さくなってゆくような気がして、とても辛かった。

彼の一言で舞い上がり、自分の暗い考えで奈落に落とされる。

恋愛は一喜一憂だというけれど、本当にそうだ。

これを楽しむ余裕がないと、いつか疲れてしまうのだろうな。

空っぽになった紙コップをゴミ箱へほうり込み、今度こそ目的の店へ向かって歩きだす。

平日だというのに、この街は人が多かった。

表通りには洒落た店が並び、裏通りでさえウチのような小さいけれど趣味のよいセレクトショップが軒を並べているからだ。

遊びには持って来いの場所なのだろう。

その町並みから離れ、先輩に貰ったカードの地図を頼りに線路沿いに進む。

静かな住宅地には、時折びっくりするほどの邸宅があったり、歴史を感じさせるマンションがあったりする。

「ああいう古いマンションは防火設備がなくて大変なんだよな」

ポツリと零《こぼ》す彼の言葉に、また複雑な思いにとらわれる。

こんな時にも仕事の話をする彼が、少年のように可愛《かわい》くもあり、片時もそれを忘れられないことに寂しさを感じて。

「この間の出動の時はボヤだったんだけど、エレベーターのない五階建ての五階まで駆け上ったんだぜ、重たい防火服で」

なのに、話を続ける彼に相槌《あいづち》を打つ優柔不断な自分。

「そんなに重たいのか?」

もう止めよう、とは言えないのだ。話す彼の顔が楽しそうで。

「空気呼吸器背負ったら二十キロくらいかな?」

「空気呼吸器って？」

「ボンベだ。ま、突入しない限りは背負わないけどな。フォグガンって知ってるか？　ホースのノズルにつけるんだが、格好が銃に…」

彼のために、俺はどんなことでも耐えられる。笑いたくなくても笑うことはできる。けれどこういう時、自分はどんな表情をしてしまうのだろう。

「悪い、ちょっと待ってくれ」

倉木のケータイが鳴って、彼が自分に背を向けて離れる時、胸はせつない。

「ん？　何だよ、俺は非番だぞ。…ああ、それはわかるが。ああ…、ああ…」

チラリと彼が振り向くから、俺はおどけたように肩を竦めた。本当はどんな顔をしたいのかわからないが、それを笑みに隠して。

「わかった、すぐ行くよ」

申し訳なさそうな顔なんかしなくていい。『非番』なんて言い方をする時には、何をしに行くのかわかっている。

「隣の管区で大型商業ビルの火災が起きて、応援要請が来てるんだと」

そうだ、『行く』んだ。

もうお前は悩んではいないだろう？　行こうかどうしようかじゃない、その表情は『行く』から、約束を守れなくなったことを謝っているんだ。

「行くんだろ?」

声に出して聞くと、彼はまだハッキリとは認めなかった。

「後方支援だ。頭数揃《ぞろ》えだよ。独身だと呼ばれるのが多いんだ。家庭サービスが必要ないと思われて」

でもわかっているから、俺からはこう言うしかない。

「いいよ、言い訳なんかしなくても。その代わり、今度のデートはお前の奢りで決定だな」

「終わったらすぐに後を追う。飛燕亭から子供用品の店だろ?」

「それが終わったら真っすぐ帰るよ」

「わかった。行っていなかったら家の方へ行く」

「期待しないで待ってるよ」

彼はケータイをポケットへしまい、もう一度拝むように手を合わせて俺に頭を下げた。

「何があっても、夜には絶対行くからな」

そして今来た方向へ向かって走りだした。

陽光に照らされる閑静な風景の中、彼がどんどん小さな点になる。

あの背中は、自分の手の届かないところへ行く。

俺だけのものにしたいのに、あいつは誰かのところへ走ってゆく。

寂しくても、それはどうにもならないことなのだ。そんなあいつを好きになってしまった自分が悪い。

「さて、店までもうちょっとか」

だから、俺も彼に背を向けた。

離れたら、彼のことは忘れるのだ。今日は最初から一人で食事をするつもりだった、そんな気持ちに切り替えて。

「偶然だね」

と言われても、偶然ではないということは推測がついた。

あの時、店の客は少なく、池原《いけはら》先輩の声は大きく、ちょっと注意して耳を澄ませば俺達の会話は筒抜け状態だっただろう。

その会話の中で店の名前は口にしたし、今度の休みに行くとも言った。

考え過ぎでもなく、藤原《ふじわら》は俺が来るのを飛燕亭《ひえんてい》で待っていたのだ。

「そんな顔しないでよ」

白い壁に焼き杉の柱が似合うシックな店内。白いテーブルクロスの上にはそれぞれ赤いバラが一輪ずつ飾ってある。ビロード張りの椅子《いす》は座り心地がよく、食器は全てジノリ。

さすがコーディネーターがついたというだけある雰囲気のある店だが、気分は最悪だ。

「ストーカーまがいだぞ。俺が来ると思ってここにいたんだろう？」

まして鷹揚《おうよう》に構える努力もする気はないから、不快感を露《あらわ》にして近づいて来た彼を睨《にら》む。

「…わかった、認めるよ。今日辺りきっと篠森《しのもり》があいつと来るんだろうな、と思って待ってたんだ。ただし、ずっとじゃない、万が一会えればラッキーだな、と思ったくらいだよ」

「俺が倉木《くらき》といるのを見てラッキーなのか？」

「誰といても。俺が見たことのない篠森の顔が見られればラッキーだよ。その上、君は今一人だ。よかったら同席してもいいかな？」

既に俺の食事は運ばれていた。

藤原を倉木の身代わりにすることはできない。

けれど、一人ではいたくない気分だった。

「いいよ、ただし食事だけだからな」

「ありがとう」

何度も言うが、藤原を嫌いなわけじゃない。

彼が自分にそういった興味を持っていないのなら、きっと呼び出してでも同席しただろう。

だが彼は俺に見返りを期待している。それが面倒なのだ。

断るしかない申し出を、何度も拒絶するのはいい気分じゃない。まして彼はやんわりと引いているから余計始末が悪い。

いっそ強く出てくれれば強く断れるのに。友達という言葉を巧みに使われては、友人でいることさえダメなのか、という話になってしまう。それは隣同士としてあまりいいことじゃない。

つくづく、この男は微妙な位置にいるものだ。

「難しい顔をしてるね」

「誰でも自分の行動を他人に嗅《か》ぎ回られればいい気はしないよ。もし君の店のお客が突然君の外出先で『会話を盗み聞いたから』と言って現れたら嫌だろう？」

「絶対に会いたいと思って追っかけたわけじゃないさ、偶然見かけられたらいいなって程度だ」

「藤原なら、そう言われて許すのかい？」

「彼女が真剣で分をわきまえてればね」

「分をわきまえる？」

「そう。自分は単に偶然会っただけの人間で、相手が許してくれるからここにいられるんだってわかっててくれれば」

「つまり自分はそうだって言いたいわけか」

彼は笑った。

「そう。君には恋人がいて、俺は単に隣の知人だ、今はね」

「これからもだ」

「それはどうかな？　この先知人が友人になることはあるかもしれない、そして新しい恋人にも。未来のことは誰にもわからない」

この自信は彼のルックスから来ているのだろうな。きっと女性に（彼の場合は男性か）言い寄ってフラれたことなどないのだろう。

さもなければやはりアメリカナイズされてるってことか。

「呆《あき》れるほどポジティヴな男だ」

「それは取り柄なんだ、褒め言葉として受け取っておくよ」

藤原の頼んだ料理が運ばれ、彼は大袈裟《おおげさ》な身振りでそれを口に運び、堪能した。

「ん、美味《うま》い。このタンシチューは絶品だよ」

憎めない態度だ。

たとえそれが計算だったとしても。

「篠森、一つ聞いていいかい？」

「何だ？」

「倉木だっけ？　あの男は誘わなかったの？」

嫌な質問だ。

「彼は仕事だ」

「へえ、恋人より仕事を優先するタイプなんだ。サラリーマンっぽくないから、平日でもすぐ付いて来るかと思ったのに」

「俺は仕事に真剣に取り組む人間は好きだよ」

「俺も仕事には真剣だ。だけど恋人にはもっと真剣になる。仕事は次を探せるが、恋人は世界でたった一人だからね」

「では趣味が合わないな」

「そうかな？　俺には篠森が強がっているように見えるけど？」

「強がりはしない。仕事に向ける真摯《しんし》さがあるから、自分に向けられる愛情を信じることができるんだ。一つの仕事がダメなら次の仕事、というように諦《あきら》めるのは一つのことを突き詰めてやってからの選択だろう」

「これ、というものが決まるまで色々試してみるのも道だよ。ちなみに俺はおじさんの店で暫《しばら》く修業したら自分の店を構えるつもりだ。そうしたらそっちにも来てもらいたいな」

「近くならね。わざわざ遠くまで出掛けることはできないよ」

「開店するまでには気持ちは変わるかもしれないから、返事は保留にしておこう」

「行かない、とハッキリ言っても？」

「それは『今』の返事だ。『その時』の返事じゃない」

こんなふうに、この男は言葉を遊ぶ。だから疲れてしまう。

「まあ藤原の店が一生開店しない場合もあるだろうしな」

「そいつは酷《ひど》い。ここより立派な店を開く予定なのに」

「ここより？　カフェじゃなくてレストランを開くつもり…」

全く、今日は何て日なんだ。

「篠森？」

言葉を途中で止めた俺の視線を追って藤原が振り向く。

そこには、不快を通り越して怒りを見せている倉木がいた。

「どういうことだ、これは」

低い声。

きつい眼差し。

その怒りは藤原ではなく、俺に向けられている。

「倉木」

「こいつを呼んだのか？」

「違う、彼は偶然に…」

「偶然？」

「座れよ、倉木クン」

「お前に『クン』呼ばわりされる覚えはない」

「だがそこに突っ立ってると篠森が恥をかくんだぞ。そして君も、な」

藤原の挑むような口調に、彼は口を歪《ゆが》めながら丸い四人がけのテーブルの俺と藤原の間に腰を下ろした。

オーダーを取るために近づいて来たウエイターに、吐き捨てるように『コーヒー』と告げ、椅子の背もたれに腕をかけ身体を俺の方に向ける。

「俺が帰ったからこいつを呼んだのか」

質問も、藤原を無視して俺だけに向けられている。

「偶然だと言っただろう。ここで食事をしていたら彼が入って来たんだ」

「それは本当だよ」

「お前には聞いてない」

倉木はフォローしようと口を挟んだ藤原を一喝した。

だが藤原も怯《ひる》まなかった。

「説明するのは当然だろう。俺のせいで篠森が辛《つら》い立場に立たされるのは申し訳ない」

「お前のせい？」

「そうだろう？　俺と篠森が親しく見えてヤキモチを焼いてるんじゃないのか？　だとしたら俺のせいだ」

「…そうじゃない」

「じゃあ何でそんなに怒ってるんだい？　彼が休みの日にこの店に来ると言っていたから、会えれば嬉《うれ》しいと思ってここへ来た、そうしたら彼が一人でいたから声をかけた。それだけのことなのに。それとも、君は恋人が他の人間と食事を同席しているだけでそんなふうに目くじらを立てるのかい？　だとしたら随分料簡《りょうけん》の狭い男だ」

「何だと？」

ムッとした倉木の声が大きくなる。

俺は慌てて彼のジャケットの袖を引いた。

「止めろ、倉木」

「こいつの肩を持つのか」

「そうじゃない。人目があるから止せと言うんだ」

それでもまだ不満な視線を向ける彼の手をぎゅっと握る。だが倉木はその手を振り払った。

「藤原、悪いが俺はこれで行くよ。後は一人でやってくれ」

「恋人の嫉妬《しっと》が怖くて帰るのかい、篠森？」

「俺が帰りたいから帰るんだ」

ポケットから財布を取り出し一万円札を抜き取ってテーブルの上へ置くと、俺は立ち上がった。

「出よう、倉木」

「コーヒーが来てないぜ」

「倉木」

気まずい沈黙が一瞬あって、黙ったまま彼が立ち上がる。

「これじゃ多いだろう」

「こいつのコーヒー代も含めてだ」

「それでも多いよ」

「騒がせた詫《わ》びだとでも思ってくれ」

「明日店に釣りを持って行くよ」

「いらない」

ピシャリ、と言い放つと、俺は倉木の腕を取って引きずるように店の外へ出た。

どうしてこんなことにならなければいけないんだ。

今日はゆっくりと彼と楽しい時間を過ごすはずだったのに。

「離せよ」

店のドアが閉まると同時に、倉木は俺の腕を振り払った。

「倉木」

名前を呼んだのに、苛立《いらだ》たしげに背を向けられる。

「俺がいなくなったらあいつで間に合わせようってのか」

そんなこと、あり得るわけがないのに。

「彼が言っただろう、本当に偶然だったんだ。それより仕事は？」

だが彼は聞いてはくれない。

「署まで行ったら鎮火確認ができたんで出動は取りやめになったんだ。それとも、俺が出てった方がよかったか？」

「何でそんなことを言うんだ」

「当たり前だろ！　せっかく戻って来たのに恋人が他の男とよろしくやってるとこに遭遇したんだから」

「よろしく…って」

「気分が悪い」

「倉木」

一歩近づけば一歩離れる。

こんなに好きなのに、お前のことしか考えていないのに、どうしてわかってくれない。

「気が付いてるか？　お前、ここんとこ自分から俺に電話して来てないんだぜ」

「それは…」

「やっぱり意識的にそうしてたんだな」

「違う、それはただ店が忙しくて…！」

「忙しいから、手近な男で済ませてたんじゃないのか？　都合を合わせなきゃならない俺と違って、あいつなら電話一本で呼び出せるんだろうからな、便利だろ？」

「倉木！」

俺が都合のいい、悪いで人を選ぶと思っているのか？

あまりの言葉に、思わずカッとなって手が上がった。

「…あ」

しまった、と思った時にはもう遅い。既に自分の手は彼の頬《ほお》を打ったせいで、じんじんと痺《しび》れていた。

「倉木…」

違う。

「もういい。今日はこれ以上一緒にいても無駄だろう」

「お前がくだらないことを言うからだ、俺はお前と食事をしようと思ってたのに」

こんなことを望んでなどいない。

「結果は違っただろ。俺はあいつに近づくなと言ったはずだ。だがお前は言うことをきかなかった。お前にとって、俺の忠告なんかどうでもいいことなんだろ」

「俺が…、自分からあいつに近寄ったと思ってるのか？」

「そうとしか思えない」

彼とケンカをしたいなんて、一度も思わなかった。

彼の事が好きで、そのことしか考えられなかった。

なのにどうして自分はここでこんな言い合いをしなければならないんだ。

「そのうち、気が向いたら連絡してくれ。もっとも、俺はあいつほど暇じゃないかもしれないがな」

「倉木！」

通りには少ないが通行人もいた。

声を上げる俺達に、振り向く者もいた。

だがそんなことよりも完全に背を向けて去ってゆく倉木を追う方が先だった。

追いかけて、その肩を摑《つか》んで、引き留めようとした。

「倉木」

だが彼は足を止めてもくれない。

肩越しに振り向いて、たった一言こう投げ付けただけだった。

「付いて来んな」

それだけで、足が止まってしまう。

肩を摑んだ手がポトリと落ちる。

引き戻さなければいけないのに、足早に去る背中に何もできない。

自分を拒絶する彼の言葉。それに、全身に冷水を浴びせかけられたように血が引いてゆく。

失いたくないから、葛藤《かっとう》していたのに。側にいたいから、自分をごまかしていたのに。

こんな些細《ささい》なことで、自分とは関係ない人間の出現で、倉木を失うというのか？

彼にとって自分という存在はそんなちっぽけなものだったのか？

俺は違うと言ったのに。

俺は倉木が好きだと言ったのに。

どうしてその言葉を聞き入れてくれないんだ。

すぐに追えばまだ何とかなったのかもしれない。けれど、俺はそこから動くことができなかった。もし追いかけて同じ言葉を聞かされたら、もう立ち直れないかもしれなくて。

「倉木…」

大丈夫だ。

俺は自分に言い聞かせた。

きっと今は腹が立っているのかもしれないが、きっと彼はもう一度自分の声を聞いてくれる。

子供っぽいところのある男だから、今だけ機嫌を損ねているだけだ。

暫くして落ち着けば、きっとまた電話をくれるはずだ。

そう思わなければ立っていることもできなかった。

こんな考え方はいけないものかもしれないが、自分がこれほど彼に心を傾けているのだから、彼だって自分のことを考えてくれているはずだ。そう思うことで何とか心のバランスを保とうとした。

彼の側にいたい。それだけを考えていた自分が得た結果がこんなものだなんて、受け入れることができなくて。

倉木が自分と別れるなんて、想像することもできなくて。


池原先輩への祝いの品も買うことなどできなかった。

真っすぐ自分の部屋に戻って、ただ、ただ、彼からの連絡を待った。

きっとかけてくれる。

さっきは悪かったたって言ってくれる。

ケータイを握り、風呂に入る時にもバスルームの扉を開けたまま、家電でもケータイでも、俺を呼んでくれるものが鳴り響いたらすぐに出られるようにした。

眠る時でさえ枕元に置いたままにした。

けれどその夜、どちらも鳴ることはなかった。

待ってばかりいないで、電話なんて自分がかければ繋《つな》がるものじゃないか。

そう思って何度かボタンを押しかけたが、出てもらえなかったら、出ても俺だとわかってすぐに切られたら、と思うと最後まで押し続ける勇気が出ない。

繋がるはずのものが繋がらなくなることが怖い。

繋がっていたはずのものが切られるのが怖い。

朝食をとって、仕事に出ても、俺はケータイを片時も離さなかった。

かけて来て。

自分が謝るのじゃなく、俺に反省したか？　って聞くだけでいい。悪いことなんか一つもないと思っているけれど、素直に謝るから。

昼食は、隣に食べには行かなかった。

昼過ぎに藤原がドアの外に立っている姿が見えた時も、すぐにバイトにレジを頼んで奥に引っ込んだ。

もうどう思われてもいい。

俺には藤原より倉木の方が大切だ。

だから呼んで。

俺を呼んで。

すぐに来いと言われれば、仕事を置いてでも駆けつけるから。

けれど…。

電話は鳴らなかった。

夜になっても、また朝が来て昼が過ぎて夜を迎えても。

彼の拒絶は続いたまま、解かれることはなかった。

倉木…。

そんなに怒ることだったのか？

俺にはお前の気持ちがわからない。

あんなに好きだと言ってくれたのに、抱き寄せてくれたのに。たった一度の誤解はお前にとってそれほど酷い仕打ちだったのか？

このままもう二度と連絡をしてくれないつもりなのか？

隣の店にももう足は向けなかった。

こちらから行かないことが意思表示だというように、どんなに忙しくても遠くの店で食事をした。

他の誰とも親しくなんかしない。

お前が嫌がるなら、誰とも口をきかなくてもいい。

だからもう一度連絡をくれ、何でもするから。

どんなに強く願っても、その思いは届かなかった。

何度かコールが鳴ることはあったが、こちらが出る前に切れるか、彼以外の人間からのものでしかなかった。

待つだけの時間はとても長く、一日はのろのろと過ぎてゆく。

以前から彼のことしか考えられなかった頭の中は、益々《ますます》倉木のことだけしか考えられなくなってしまう。

俺が付き合う以前に付き合っていた者達のように、やがて記憶の底へ沈めてしまうつもりなのだろうか。

だとしたらあまりにもあっけなさ過ぎる幕引じゃないか。

せめて、俺に説明くらいさせて欲しい。

もう一度チャンスが欲しい。

そんなふうに悶々《もんもん》と苦悩している間に日々が過ぎ、気が付けば倉木の背中を見送ってから一週間近くが過ぎようとしていた。


「篠森くん」

昼食をとりに出かけようと店を出た途端、かけられた声に俺は振り向き、一瞬身体を強《こわ》ばらせた。

「マスター…」

顎《あご》に髭《ひげ》をたくわえた優しげな顔。

それは隣のカフェ『ロケット』のマスターだった。

「ここんとこ全然来ないねぇ」

にこやかに話しかける彼に、一瞬返す言葉を失って曖昧《あいまい》に笑う。

「もうウチ、飽きちゃった?」

「いえ、…何度か行ったんですけど、タイミングが合わなくて混んでたようだったんで」

それは嘘だ。

この一週間、店の中を覗《のぞ》きに行ったこともない。

「そうかい? じゃあまた来てくれよ。お隣同士なんだし」

だがマスターは俺の言葉を信じ、穏やかな笑みを浮かべた。

「ええ、また」

親しい人につく嘘は心が痛む。

だがもう行くことはできない、と告げることはできないのだから仕方がない。

「マスター手に何持ってるんです?」

話を逸らそうと彼の手の中で丸めて握られた紙袋に目をやった。

だが、そうしなければよかったのだ。マスターは『ああ、これね』というように自分の手元へ目をやると、はっとしたように俺を見返した。

「なあ、篠森くん、今からお昼かい？」

「え…？　ええ、まあ」

「だったら、ちょっと頼まれてくれないかな」

「何です？」

「こいつをちょっと届けて貰《もら》いたいんだよ。何、ほんの十五分程度のとこだ。戻って来たら特別な昼食をごちそうするから」

「そんな、ごちそうなんていいですよ。届けるくらいなら構いませんよ」

配達なのだと思った。

藤原のいるところへ来てくれと言われるより、友好関係を続けるためにはその申し出を断らずに遠くへ行ける方がいいと思ったのだ。

「そうかい、ありがとう」

それがいけなかった。

俺の判断は誤りばかりだ。

「実は、薫《かおる》のやつ、インフルエンザでぶっ倒れちまって。買い物にも行けないぐらい酷いらしいんだよ。それでメシを…」

「薫って、誰です？」

「え？　ああ、甥《おい》っこだよ。なんだ、仲いいのに下の名前を知らなかったのかい？　まあ大人になったらあんまりそういうのって聞かないか」

マスターの甥っこ…。

「藤原…、ですか?」

「そうそう。で、途中で水だけ買っててってくれるかな」

「でも俺は彼の家なんて…」

「ああ、大丈夫袋ん中にやっこさんが送って来たファックスの地図が入ってるから。場所は『長寿庵《ちょうじゅあん》』って古い蕎麦屋《そばや》の近くだよ」

会いたくない。

会えない。

「すまないねえ。何せこれから昼時だろ? 店をバイトに任せて空けることもできなくてどうしようかと思案してたとこだったんだ。いや、助かるよ」

けれどマスターは満面の笑みで俺に弁当の入った紙袋を手渡した。

「戻ったらウチ寄ってよ。本当にスペシャルランチ奢《おご》るから。じゃあ、頼むね」

断れ、と心の中で声がした。

今藤原に会うのはよくないことだ。

それがまたどんな形で倉木の耳に入るかわからない。もし仲直りしようと連絡が来た時に藤原の口から『この間は家に来てくれて…』なんて言われたらどうなるか。

だが逡《しゅん》巡《じゅん》している間にマスターは何度も頭を下げながら自分の店へ戻って行ってしまった。

彼に続くように四人連れの女性客が入ってゆく。

時刻は丁度ランチタイム。

マスターが言うように、これから店は忙しくなるだろう。その中でコックであるマスターが抜けることはできないだろう。

「…くそっ」

優柔不断な自分に腹が立った。

こんな時にまで、他人に気を遣う自分が嫌だった。

近所だから問題を起こしたくないと藤原となあなあでやって来たことが今の状態を引き起こしたというのに、これでは何の学習もしていないではないか。

かと言って、信用して渡された紙袋を捨てることも、マスターに返しに行くこともできず、俺は丸めて入れられた彼の家の地図を取り出した。

マジックで書かれた簡略な地図。

線が震えているのが見てとれる。藤原がマスターにそんな嘘をつく必要はないのだから、本当に具合が悪いのだろう。

「玄関先でこれだけ渡してくれれば…」

彼が病人ならば、たとえ腕を取られても振り払って帰って来ることはできる。

自分にはその意志の強さはある。

さっさと言って、さっさと帰って来るのだ。

いっそ、二人きりになれるこのチャンスに、もう二度と近づかないでくれと本人に告げてもいい。

そうだ、そのために行くのだ。

俺は自分で自分にそう言い聞かせながら、地図の示す方向へ歩きだした。

藤原に近づくなとハッキリ言った、そう報告の電話を入れれば、倉木も機嫌を直してくれるかもしれない。そんなことに希望を見つけて…。

藤原の住むマンションというのは、何度か通ったことのある場所だった。

広い通りから一本入った、道幅はあるが一方通行のせいで車の交通量の少ない辺りで、昭和中期に建てられたような古いマンションが立ち並んでいる場所だ。

街の外から来る者は雰囲気があっていいというが、近年ではそのうちの何棟かが立派なオフィスビルに建て替えをしている最中で、青いシートが目に付くところでもある。

紙に書かれた地図には、蕎麦屋と書かれた少し先に黒丸が記されていて、矢印と共に『ロアール３０１』と書かれている。

多分、『ロアール』というビルの三階、という意味だろう。

街は昼休み。

それぞれの建物から吐き出された人々が昼食を求めて彷徨《さまよ》い歩く時刻。

それでも、その辺りは住宅地だからひっそりとしている場所のはずだった。

「…何？」

だが、大通りを歩いている時から何故か行き交う人々はそわそわと落ち着かなく、いつもより人通りも多い気がした。

やがて自分の耳に届いた派手なサイレンの音に、皆が何に意識を向けていたのかがわかると、俺もまた落ち着かなく周囲を見回した。

消防のサイレンだ。

どこかで火事が起こっているのだ。

だがそれがどこなのか明確にはわからないから、皆がビルの間に反響する音の源を求めて好奇心のアンテナを張り巡らせているのだ。

火事…。

倉木は出動しているだろうか？　それとも今日は非番だろうか？

現場に、彼はいるだろうか…？

行ってどうなるものでもない。わかっているけれど、そこに行きたいという強い欲望が生まれる。

音はわあんと響いて、どちらから流れて来るのかわからなかった。

だが、偶然現場に向かうらしい救急車が、自分の目の前を通り過ぎた。

足が、勝手に動き出す。

溜まっている人々のせいでスピードを落とした赤色灯を回す車を追いかけるのは容易《たやす》いことだった。

道を曲がり、赤いランプだけを見て車を追う。

現場は遠いだろうに、道には人が溢《あふ》れていて、何度も人にぶつかった。

すぐに、道はヤジ馬と赤い車の群れで塞《ふさ》がれ、辺りにはものの燃える嫌な臭いで満ちていた。

顔を上げると、その先には遠く窓から炎を上げるビルが見える。

「…すいません、火事はどこですか?」

近くにいる中年の女性に声をかけると、彼女はいかにも話したくて仕方がなかったというように教えてくれた。

「建築中のビルでガス爆発があったらしいのよ。あそこいら、古い建物ばっかりでしょう? あっという間に隣に燃え移ったのよ」

「どこです?」

「どこって…、蕎麦屋の先よ」

ここいらには他に目印がないからか、彼女はこともなげにそう言った。

「蕎麦屋って…、長寿庵ですか?」

「そうよ、それ以外ないでしょ」

俄《にわか》に不安が襲う。

そんなことあるわけがない、と思いながらも嫌な考えが浮かぶ。

もしかして、藤原の住むマンションでは…。

俺はあの怖さを知っている。

炎に巻かれ、死と直面した時の絶望を知っている。

「あ、ちょっとあなた。行っても立ち入り禁止よ!」

たとえ藤原に対する好意がなくても、知り合いの安否を気遣わずにはいられなかった。

どうか違う場所でありますように。

ヤジ馬の中から藤原に声をかけられますように。

地図を取り出し、周囲の地理と照らし合わせる。

簡単過ぎるそれでは、位置関係がいまいちハッキリしなくて、場所が特定できない。

「すいません、ちょっと通して下さい」

人込みをかき分け、前へ進む。

煙の臭いは思ったよりも広がっていて、鼻が痛くなる。

蕎麦屋の前には丁度テープが張られようとしているところで、消防の人がヤジ馬達に下がるようにと声を上げていた。

「そこの人、それ以上前に出ないで」

隙間を縫って中に入ろうとした俺に消防官が注意する。

「すいません、知人が近くに住んでるんです。火災の場所を教えて下さい！」

まだ若い男は少し顔をしかめつつも歩み寄って来た。

「お友達？　どこに住んでるの」

「『ロアール』、『ロアール』というマンションです」

「名前はわかんないな。建築中のビルの隣？」

「それは…、わからないんです。この地図の場所です」

俺は手にした紙を相手に渡した。

だが簡略な地図だ、自分がわからないものが彼にわかるはずもない。

男は近くにいた他の消防官に声をかけた。

「おい、『ロアール』って現場か？」

「ああ？」

「ここだって」

「わかんねえな、担当区の人間に聞かないと。それが何？」

「知り合いがいるらしいんですよ」

「現場の中にいる人間はみんな出たと思うぞ。日中でほとんど留守だったし」

「おい、一斉放水始めるから持ち場に…」

話し合う二人の背後から近づいた銀色の防火服に身を包んだ男が、荒らげていた声を途中で止める。

そして俺の顔を見るなり、更に走って近づいて来た。

「篠森、何かあったのか！」

倉木だ…。

「何だ、倉木の知り合いか？」

会いたくて、会いたくて、ずっと待っていた男の顔だ。

「ああ」

泣いてしまいそうだった。

人目も気にせず、飛びついてしまいそうだった。

「篠森？」

声を発すれば、きっと涙は零《こぼ》れるだろう。

だから返事ができないでいると、最初に声をかけた男が渡した地図を倉木に見せた。

「知り合いがここにいるらしいんですよ。わかります？」

「『ロアール』？　もう火が回ってるぞ」

「住人の避難は？」

「さっき俺が確認した。老人二人と若い女が一人だ。老人は病院に搬送したが、知り合いって女か？」

まるで電話をかけて来なかったことなど忘れているかのように、変わらぬ視線が俺を見る。

だが今はそれに溺《おぼ》れるわけにはいかなかった。

「藤原が…」

「何？」

怒られてもいい。

いや、彼ならば『今』は怒らないだろう。

人の命を何よりも大切に思う男だから、ここで自分のしなければならないことはわかっているはずだ。

「藤原が病気で寝てるんだ、あのマンションの三階に。インフルエンザで外に出ることも叶《かな》わない容体だから様子を見て欲しいって頼まれたんだ」

倉木の顔はキッと険しくなった。

だがそれは俺が藤原の様子を見に来たという理由ではなかった。

「救助した中に若い男はいなかったな…。おい、野村《のむら》。無線で長身の若い男を誰か救助したか聞いてくれ」

「はい」

「島《しま》さん、悪いけどウチの隊長のとこ行って、要救助者が残ってるかもしれないから一斉放水を待つように言って下さい」

「わかった。内部の造りはわかってるのか？」

「さっき一回入ってますから、三階なら何とか」

二人の男は彼の言葉を受けてパッと走り去る。

倉木も、頭の上に上げていた透明のマスクを下ろして立ち去ろうとした。

ここで引き留めてはいけない。

だがせめて一言だけ言いたい。

俺は背を向けられる前に思わず彼の腕を取った。

「気をつけて…」

何かもっと気の利いた言葉が言いたかったのに、口から出たのはただそれだけだった。

「ここで待ってろ」

厚い手袋をはめた手が俺の背を叩《たた》き、彼が離れてゆく。

俺は…、追っては行けなかった。

当然のことだけれど、彼を追いかけることはできなかった。

忘れようとしていた状況が、現実となって目の前に広がる。

騒がしい音が、ワッと頭の中に流れ込んで来る。

「応援は?」

「ダメダメ、まだ要救助者が残ってるからバブルはしまって!」

「ホースを踏むな! 破裂するぞ!」

「もう何台も救急車行ったんだって」

「誰か死んだのかね」

人声が渦のように意識を飲み込む。

去って行った男の代わりに警官が来て俺にもっと下がるようにと命じた。

炎は何度か高く巻き上がり、黒煙を上げる。

こんなに離れているのに、その熱を感じる気がした。

嫌な臭いは辺りに充満し、埃《ほこり》っぽい水の匂いが交じる。

何本も水を吐き出していた消防のホースは一本を残して放水を止め、その水が白く広がる。

ボンベを背負った男達が水の幕の向こう、一つの建物の前に集まりその中へ消えてゆく。

あの中に、倉木がいるのだ。

戻って来て。

絶対に。

どんなケガを負ってもいいから。俺のことなんか好きじゃなくなってもいいから、もう一度戻って来て。

彼が、炎の中へ飛び込む仕事なのだということはわかっていた。

一度は自分が助けられるという場面でその姿も見た。

だがこの火事はあの時とは全く違う。

ウチの店のあったビルなんかよりももっと大きなマンションと、その隣の建築中らしい建物が黒煙を纏《まと》って燃え続け、並ぶ消防車の数も数え切れないほどだ。

そして自分が何もできぬ離れたところにいる傍観者であることが、より光景を凄惨《せいさん》なものに感じさせた。

「そこどいて！」

罵声《ばせい》と共に突き飛ばされた俺の横を救急車が慌ただしく走り去る。

一度止んだ放水は筒先を建築中のビルに向けてまた水を飛ばす。

どうしてそっちに放水するんだ。倉木がいるのはこちら側のビルなのに。水が届かなければ彼が焼け死んでしまうじゃないか。

そう思っても、声は届かない。

死は、目の前にいた。

考えてはいけないことだけれど、もう何もしなくてもいいから、『無理だった』という結果でもいいから、倉木だけに戻って来て欲しかった。

エゴの塊で構わない。

奇麗事なんて言えない。

他の者と比べることもできない。

たとえ彼の重荷になったとしても、もう一度自分がどれほど彼を愛しているか、ちゃんと伝えたい。

悩みも、苦しみも、何もかもお前のためにしか感じない。他の人間なんて本当にどうでもいい。あの優しい池原先輩でさえ、お前の前では霞《かす》んでしまう。

この気持ちを誤解されたままでなんかいられない。

それを伝えて尚《なお》、お前が俺を拒絶するならまだ納得がいくが、誤解では嫌だ。

いや、それで拒絶されても、俺はまだお前を追いたい。

好きだから。

誰よりも、何よりも、お前だけが好きだから。

「出たぞ！　放水っ！」

転がり出るように数人の消防士達が一階玄関から姿を見せ、替わって一斉に全てのホースが建物へと水を放つ。

彼等の中の一人は、黒く煤《すす》けた服を纏った男の身体を支え、炎を避けるように消防車の裏側へ回ると、道路にその男を座らせた。

「倉木！」

あれが倉木に違いない。そう確信して、呼んではいけない名前を口にする。

絶対に彼は倉木だ。けれどその確証が欲しい。お前の本当に無事だった顔が見たい。

「倉木！」

もう一度叫ぶと、消防士は背にしていたボンベを下ろして俺を手招きをした。

警官もそれを見たのだろう、応えてテープをまたぎ越えた俺を制止しなかった。

「倉木」

駆け寄ると、煤の付いたプラスチックのマスクを外し倉木の顔が覗く。

ああほら、やっぱり彼だ。

無事に戻ってくれたのだ。ただそれだけが嬉しくて彼の胸に飛び込む。直接触れた手が何かに触れて熱を感じたが、構わず彼に縋《すが》り付いた。

「篠森、確認しろ。藤原だな？」

倉木だけ見ていたかったけれど、彼に言われて仕方なく地面に座り込む男の方を見る。

真っ赤な顔をした藤原は、まだ状況がよく飲み込めていないのだろう、俺達の方を不思議そうに見ていた。

「藤原、大丈夫か？」

「…篠森？」

パジャマ姿の藤原は熱のせいか目が潤んでいた。

「俺がわかるか？　ケガは？」

「あ…、ああ。大丈夫だ。頭はクラクラするけど…」

「少し煙を吸ったせいもあるだろう。今救急車を回すからそれに乗れ」

俺の背後から声をかける倉木にぼんやりと目を向ける。

「倉木…？」

問いかける藤原に、倉木がにやりと笑って見せる。

「ああ、そうだ」

「どうして倉木が…」

「俺がお前の命の恩人だ。助けてやったことを少しでも恩に思うなら、こいつに二度とちょっかい出すなよ。こいつは俺のだからな」

それから俺の方を見ると、少し表情を堅くしてポツリと呟《つぶや》いた。

「夜に行く。待ってろ」

今、藤原に俺を自分のものだと言ってくれたよな？　それは俺のことをまだ嫌ってはいないということだな？

問い返したかったけれど、それはもうできなかった。

「倉木！　救急車来たぞ！」

「篠森、病院まで付き添ってやれ」

「でも…」

まだ炎は消えてはおらず、ここは彼の『職場』のままなのだ。

「ヤジ馬もっと下げさせろ。延焼が止まらん」

「後続のポンプ車が水源がないって言ってるぞ」

「ホース接続して分散させろ」

「水圧が足らなくなるかも」

倉木は俺に背を向け、もう振り向いてはくれなかった。飛び交う言葉の群れの中へ真っすぐ戻ってゆく。

彼の頭の中は、もう別のことで一杯なのだ。

「篠森…？」

自分は『そこ』へは行けない。

ケガはないのか、まだ危険な場所にいるのかと聞きたかったが、今はダメだ。

けれど彼がもう一度自分の話を聞いてくれるのなら…。

「病院へ行こう、藤原」

足元に座りこんだままの藤原に手を貸して立たせると、俺も頭を切り替えた。いや、切り替えるように努力した。

「そこまでは俺が付いて行ってやる。マスターにも、俺が連絡してやろう」

彼が自分を訪れてくれるならそれを待とう。きっと彼は自分の目の前に『ピンピンしてるぜ』と笑って現れてくれるはずだから。

「だが俺からも言っておく。友人以上を望むなら、これが最後だ。お前がどう思おうと俺は絶対にお前をそういう目で見られない」

『ここ』では、自分にできることは何もない。

「俺の全ては倉木のものだ」

ただ彼の無事を願うこと以外、何も…。

救急車で病院に向かい、医師に藤原を委《ゆだ》ねた後、俺はマスターへ電話を入れ、事情を説明して病院へ来て欲しいと告げた。

驚き戸惑った返事をしながらすぐに行くと答えた彼を待ち、直接会ってから更に詳しい話をして、申し訳ないが自分にも仕事があるから戻らせてもらうと言った。

薄情だと言われると思ったのに、マスターはそれが当然だと何度も頭を下げてここまでありがとうと感謝してくれた。

人とかかわるということは難しい。

自分が当然と思う好意と、相手が期待するものがいつも同じとは限らない。

誰とどこまで親しくすればいいのか、その線引きは常に自分でするもので。時には自ら近づかねばならず、時には冷酷と思われても拒絶しなければならない。

相手の引いた線と自分の引いた線が重ならない時もあるだろう。

俺が引いた藤原との間の線を、彼は何度も消そうとした。消して、もっと近くに寄ろうとした。だがその線を引き直してやるつもりがないのなら、もっと早くにはっきりと拒絶するべきだったのだ。

相手がわかるまで、何度でも。

俺はそのまま店へ戻り、定時まで仕事を続けた。

火災はとても大きなもので、夕方にはニュースでも現場の様子は流されていたが、幸いなことに死者は出ず、工事関係者などにケガ人が出ただけだったというのを聞いてほっと胸を撫《な》で下ろした。

「火事は怖いですね」

というアナウンサーの言葉が耳に残る。

「私達も気をつけないと」

という当たり前の言葉が、今日生きている人間が明日生きている確率は、どんな人でも二分の一だ、というのを聞いたことがあるのを思い出させた。

選択が『生きる』か『死ぬ』かの二つしかないのだから、確率はそれだけでしかないというのを。

それは暴論で、実際はそんなに簡単ではないのかもしれないが、何となく忘れたくない言葉だった。

倉木も自分も、同じ場所にいるのだと思いたい自分にとっては…。

夜、かなり遅くなってから彼は現れた。

待つだけの時間はとても長く、一人でいると様々な不安に押し潰《つぶ》されそうだった。

ニュースでは消防士のケガ人が出たとは言わなかったが、関係者等の『等』に含められていたのではないだろうか。あの後、また彼は炎の中に入ったのではないだろうか。

報道が流さないだけで、ケガをした者はもっといたのではないだろうか、と。

風呂に入って部屋着に着替えた後は、ずっとテレビをつけ、ニュースをハシゴして、パソコンでニュース速報や火災の書き込みのあるページを追って、手に入る限りの情報を得ようとした。

その無事な姿を見るまではどうしても安心できない。

彼が笑って自分に『大丈夫だよ』と言ってくれるまで、心が落ち着かない。

ただ、ただ、早く彼が自分を安心させて欲しいと願いながら、一分一秒の長さを噛《か》み締めながら倉木だけを待っていた。

チャイムが鳴り、勢い込んでドアを開け、目に飛び込むその顔にやっと安堵《あんど》できたというのに、彼は迎えた俺の手を取るより先にこう言った。

「どうだ？　あいつもうお前に近寄らないって言ったか？」

勝ち誇ったように、嬉しそうに。

「…ばかっ！」

今度は一瞬の感情ではなく、心からの怒りでその手を振り下ろす。

パン、と派手な音がして手が痛む。

「…篠森？」

何故打たれたかわからない、という顔をする倉木にもう一度手を振り上げたが、その手は途中で摑まれ、押さえられる。

「何だよ、なんで俺が殴られるんだ」

「当たり前だ！　俺が…、俺がどれだけ心配したと思ってるんだ！　お前がケガしてやしないか、ちゃんとここへ来られるかって、ずっと心配してたんだぞ！　それなのに最初に言う言葉がそれか？」

「篠森…」

「俺は最初から藤原なんて関係ないって言ったじゃないか。あの時だって、向こうが勝手に追って来ただけだって言っただろう。なのにお前は全然俺の言うことなんか聞いてない。俺がどんな気持ちでいるかなんてわかってないんだ！」

叫ぶ途中で、喉《のど》が痛んだ。

声が震えて、泣くだろうと自分でもわかった。

「すまない…。だがどんなに心配されても、俺は仕事は…」

「だからばかだと言うんだ！　誰が仕事を辞めろと言った。俺が言ってるのは、他の人間のことなんかその頭に詰め込むなと言ってるんだ」

言いたかったことが一杯あった。

だがそれを言えばお前の負担になるのではないか、嫌われるのではないかと思って口にすることができなかった。

「前にも言ったはずだ。俺はお前を引き留めたりはしない。でも心配することは止められないって。だから、俺のことを少しでも思ってくれるなら、最初に言うべきことは『無事に戻った』だろう！」

好きだからこそ距離を置いて。

好きだからこそ嘘をついて。

好きだからこそ、離れている時には忘れる努力をした。

それが一番二人のためにいいことだと信じて我慢した。

「自分から電話をしなくなったのは、それがお前の邪魔になるかと思ったからだ」

けれどやっぱりそれではいけないのだ。

蓋をして、見なかったフリを決め込んだ分、現実に引き戻されればあんなに辛いのだとわかってしまった。

「本当は毎日だってお前の声を聞きたい。でもひょっとして仕事中じゃないか、疲れて眠ってるんじゃないかと思うとかけられなかっただけだ」

言いたいことを言って、したいことをして、何一つ悔いなど残すことなくお前の側にいるべきだった。

「できることなら、毎日だって側にいて欲しい。お前が思うよりずっと、俺はお前のことが好きなんだ」

離れることが怖いからと手を伸ばさないでいると、いつか手を伸ばしても届かなくなっているかもしれない。

どんなに怖くても、本当に離したくないのなら縋り付くべきだった。

「なのにお前は…、俺の気持ちより先に藤原のことを聞くのか…?」

抱きついた身体は、微《かす》かにタバコの匂いがした。出動したから風呂にでも入って来たのだろう、セッケンの匂いもした。

腕の中、確かにここに倉木がいる。

ここにいる間は自分のものだ。

「篠森…」

「まだ俺が好きでいてくれるなら…、俺のことを聞いてくれ…」

頽《くずお》れそうになる身体を、彼の腕が支えて抱き締めてくれた。

唇を合わせ、言葉よりも深く求められる。

自分からも顔を寄せ、噛み付くように応える。

「『まだ』なんて言うな。俺はずっとお前のことが好きだ」

玄関先、まだ倉木は靴もぬいでいなかった。

「呼び止めても行ったクセに」

ご自慢の革のジャケットもそのままだ。

「あれは…、自分がお前の望むようにしてやれないと思ったからだ」

けれど離れる気はしなかった。

「思い通りになる男が欲しいなら、最初からお前なんか好きにならない」

一緒にいる時間は一秒でさえ惜しい。少しでも長く彼を感じたい。

「お前が会いたい時にも会ってやれない。一緒にいる時でさえ、呼ばれれば出て行かなくちゃならない。あの野郎は嫌いだが、あいつなら、お前が一緒にいたいと言えばすぐにでも尻尾振って飛んで来るだろう。そういう男の方が…」

「お前が俺を捨てても、俺は追いかけて行く。もう遠慮も我慢もしない。背中を向けられた時、そんなものは全部無駄なんだってわかったから。俺が言うべきことは、『気をつけて行ってこい』じゃなかった」

「じゃあ、何だ？」

鼻先がまだ触れる近さで見つめ合う顔。

「好きだ…」

もう一度、今度は自分から軽く唇を押し付ける。

「俺と一緒にいる時には俺のことだけ考えて、俺を求めてくれ」

もう一度。

「離れて行った時には忘れてもいいから。その分、俺がお前のことだけ考えてるから。一緒にいる時には俺だけを…。そして戻ったら必ず、無事に戻ったとだけ教えてくれ」

ギリギリのところまで行って、初めて見えるものがある。

お前を本当に何よりも好きだと思ったのは、あの炎の中だった。

どう思われてもいいから側にいてもらって、自分の気持ちをわかってもらうべきだと気づいたのは、お前に背を向けられてからだった。

二度、自分は失敗したのだ。

だが三度はしない、したくない。

「俺を呼んで」

「篠森」

「もっと」

「篠森」

「俺のことだけを考えて」

「俺を好きでいて」

「考えてる」

「好きだ」

子供のやり取りのように交わされる短い言葉。

「もう藤原のことなんか口にしないで」

「しない」

「何度でも送り出すから、必ず戻って来て」

「ああ、戻って来る」

「心配だったと泣くから、大丈夫だと慰めて」

「約束する。必ず戻って、お前の前に立ってやる。這《は》ってでも、運ばれてでも、必ず」

「倉木…」

着替えていた部屋着の薄いシャツを、無骨な手が捲《まく》る。

首元に埋まるように寄せられた顔が軽く肩を食《は》む。

「子供っぽい俺の感情に振り回され、仕事という俺の夢に振り回される分、何でも篠森の言うことを聞いてやる」

彼の望みに気づいて、自分の手が急《せ》くように彼の革のジャケットを剝《は》ぐ。

「譲れないものや変えられないものはある。それを無理に変えろと言わないでいてくれる代わりに、何でも望むことを叶えてやる」

狭い沓脱《くつぬ》ぎのスペースで、壁に押し付けられながら触れられる身体。

望みは口にしなかった。

言いたいことはもう言い尽くしてしまったし、答えも貰ったから。

これ以上の望みはただ一つだけだ。

けれどそれも今、叶えられる。

「倉木…」

名を呼ぶと、胸が締め付けられた。

失わなくて済んだ大切なものの温かさに、溺れてゆく。

そうだ、もう溺れてもいいのだ。

何も考えられなくなるほど、自分を彼だけで一杯にしてもいいのだ。

「ここで抱いてもいいか?」

耳元で囁《ささや》く声に、答える代わりに背に手を回す。

「容赦できないぜ」

乱暴に動く手は、今は嬉しいばかり。

身体なんか重ねなくても、気持ちさえあればいいと思っていた時期もあった。

どうして彼は自分を求めるのか、一緒にいるだけでもいいじゃないかと思った頃も。

だが今は自分も彼が欲しい。

言葉よりももっと確かに、全身に刻み付けられる感覚が。

離れても、すぐに思い出せるように。

大丈夫、今目の前にいなくても、自分が覚えている快感という感覚は、彼以外の人間に与えられたことはない。

この官能の甘さを思い出せるのなら、彼は確かに自分のもので、もう一度同じものを与えるために戻って来てくれると信じられる。

「…あ」

身体の中心に触れられ、足から力が抜ける。

倒れ込むわけにはいかないから、伸び上がって壁際のシューズボックスに腰を引っかけるように寄りかかる。

倉木はこちらの意図を察したのか、尻に手を回し、軽々と俺を抱き上げるとその上へ座らせた。

胸は彼の目の前になり、キスを繰り返した唇が肌に触れる。

逃さぬように彼の頭を抱え込み、背を丸める。

足場を失いぶらりと垂れる両足。その間に入り込んだ彼の身体に自分の身体を預けた。

「ん…っ」

手のひらが、胸を舌に譲り下がって来る。

腹筋をなぞるようにして臍《へそ》へ、更にその下へ。

さっき触れられた場所は既に屹立《きつりつ》し、彼の手を待っていた。

そこに触れてもいいのはお前だけだ。

お前が触れるから、快感に声が漏れる。

「あ…ん…っ」

女のように漏らす声が、彼にとって甘く響くようにと願う。

これ以上を欲しがる誘導になるように、と。

「く…らき…」

敏感な場所が摑まれ、ゆっくりと揉《も》みしだかれる。

手の中で形を変えてゆくそれを、倉木は執拗《しつよう》なまでに丁寧に愛撫《あいぶ》した。

疼《うず》くような快感は既に全身に広がり、抗《あらが》うつもりもない心地よい感覚に侵され、波が襲う度に痙攣《けいれん》が走る。

「は…っ、あ…」

ふいに、胸を吸い上げていた唇が離れ、微かな痛みを伴う口づけを繰り返しながら手に近づいた。

「あ…っ！」

生温かい感触は手や指以上に、俺を翻弄《ほんろう》した。

耳に届くいやらしい音。

他人を感じることのない場所で感じる湿った倉木の体温。

「しっかり摑まってろ」

そこを嬲《なぶ》られたまま、手が下を剝ごうとする。

「俺に身体を預けて、腰を上げるんだ」

言われた通りにすると、服は下着とともに簡単に引き下ろされた。

一旦途中に溜まったそれを倉木は横着にも足で抜き落とした。

膝を開いて迎え入れる身体。

ぬめるように巻き付く舌。

唇だけで扱《しご》きあげ、先端に軽く歯を当てられる。

「く…、ん…っ」

気持ちよくて、目元が潤んだ。

早く終わりにしたいという欲と、もっと感じていたいという欲がせめぎ合う。

「このまま…、行くぞ」

彼の声も掠《かす》れていた。

ファスナーを下ろす音がしたから、目を開けて俯《うつむ》くと、俺のモノを咥《くわ》えた彼の顔の下に、同じように天を突く彼のモノが見えた。

「来て…、早く…」

「焦んなよ、もうちょっと慣らしてからだ」

前を嬲りながら、指が入り口をまさぐる。

乾いた場所に細い異物がねじ込まれる。

「う…っ…」

思わず抱きついていた手に力が入り腰が引けた。

「逃げるな」

と言われても…。

前のめりになっていた身体が、彼の頭に押されるように上を向く。

腰の位置がずれて入りやすくなった箇所へ、ずくずくと指が入って来る。

神経はその一点に集中し、彼の唇が前から離れたことにも気づかなかった。

「あ…、は…っ、…ぁ」

中では、まるで自分の居場所を求めるように指は蠢《うごめ》き続けた。

「あ…」

根元まで入れられ、内壁をあちこち押されたかと思うとゆっくりと引き抜かれ、完全に抜ける前にまた奥へ。

「あ…、あ…」

自慰では感じることのない感覚に声が止まらない。

「や…っ」

身体が焼かれるように熱くなる。

イイ場所に当たると、身体はピクリと跳ね、頭を壁にぶつけてしまった。だがその痛みよりも今は彼の指だ。

同じ動作を何度も繰り返される間に、彼は俺が一番敏感に反応する部分を探り当て、集中的にそこを指で擦った。

「や…っ、倉木…っ。…だめ…」

それだけでイッてしまいそうになって、慌てて足を閉じる。

けれど足の間には彼自身がいるのだから、完全に遮断することはできない。

「イクか?」

と言う問いに、俺は何度も縦に首を振った。

「もうちょっと我慢しろ」

「無理だ…。俺はこういうのに…、慣れてない…」

「しょうがねぇな」

望んだのは、彼がその指を完全に引き抜いてくれるか攻める場所を変えてくれるかということだった。

だが倉木は、もうすっかり濡れた俺のモノを口に含み、その先を噛んだのだ。

「痛ッ…!」

痕がつくほどではない。だが張り詰めていた敏感な場所から快感を消すには十分過ぎる痛みだった。

「酷いな…」

「我慢できないお前の身体が悪い」

言いながら彼の舌が今噛んだ場所を癒すようにぺろりと舐《な》める。

「…んっ」

たった今痛みを感じた場所なのに、湿った柔らかさがそれを拭《ぬぐ》うとまた身体が震える。

「大丈夫だ、すぐにまた同じくらいイイ気持ちにさせてやるから」

抜かれず中に残っていた指はまた同じ動きを始め、その言葉を現実にする。

差し入れて、引き抜いて、その動きに抵抗がなくなるまで俺を解す。

今度は時間をかけるためだろう、一番アブナイ場所は避けられた。

「ん…っ、ふ…」

けれどそれが却《かえ》ってもどかしい。もっと感じる箇所があるのに、その周囲だけなんて。余計焦れて欲望が煽《あお》られてしまう。

動きが速まると、痛みで消された筈の焦燥感は簡単に戻ってしまった。

「くら…き…」

たまらなくなって、彼の肩を摑む。

「も…、いいから…」

「何?」

「早く…、イかせてくれ…」

顔を上げ、倉木がにやっと笑う。

催促した自分が恥ずかしくて顔を逸らせたけれど、肩の手はそのままにした。

恥じらって我慢しても、結局は自分が彼を求めているのを隠せはしないのだから。

「もっと前に出な」

「ここ…で…?」

「するって言っただろ?」

「でも…」

「欲しいだろ?」

指が抜かれ、右の膝を取られてグイッと前へ引き寄せられる。

「…あ!」

座っていた場所から腰が落ちたが抱えられた膝はそのままで、力の入らないまま残った左の足で床に立つ。

「無理…」

不安定なその格好のまま、彼が入り口に当たる。

「大丈夫だ」

「そんな…」

少しだけ、彼の身体が沈む。

「…アッ!」

そして下から突き上げるように、彼が入って来る。

「ん…っ、あっ、あ…ッ！」

肉が押し広げられる感覚があって、痛みが走る。

けれど十分に愛撫され、そこを攻められることを望んでいた身体は、何とかそれを受け取ろうと必死だった。

「倉木…、だめ…」

「もうちょっと」

「無理…、ん…っ、ぅ…」

彼を呑み込み始めた場所がドクドクと脈打って、身体の内側からうるさいほど耳の奥へ鼓動を響かせる。

彼の首に腕を回し、懸命にしがみついて何とか体勢を保ったが、腕だけでは長くは持たないだろう。

彼の肩に顔を乗せて体重を預ける。

密着すると、彼の服に前が擦られてそれもまた愛撫となる。

目を開けると、彼の形のいい耳が見えた。

愛撫を返してやる余裕もなかったから、せめてもと思って軽くそこへ唇を寄せる。

唇だけでそこを咥え、僅《わず》かに舌で濡らす。

「倉木…」

震える声で名を呼び、キスを繰り返す。

「好き…、倉木…」

苦しいほど愛《いと》しくて、言葉が自然に溢れた。

痛みはあったけれど、それ以上の快感もあって、何より彼に抱かれているということを認識するのが嬉しくて、精一杯その形のいい耳を愛しんだ。

「…ッ。ばか、これ以上誘うな」

「え…？　あ…ッ！」

気遣ってゆるゆると進んでいた身体が一気に近づき、芯を持つ塊が身体を貫く。

「は…ぁ…ッ！」

両手でしっかりと身体を抱え込まれて固定され、深く突き上げられる。

さっき指で煽られていた中を、もっと大きなものが暴れる。

生理的に涙が浮かび、目尻に溜まった。

「ん…っ、う…っ」

玄関先で声を上げるわけには行かず、唇を噛み締める。

ドア一枚向こう側を人が通ったら聞こえるかもしれない。そう思って必死に耐えているのに、彼は容赦なく腰を動かした。

「だ…め…。ん…っ、もう…」

「まだ、だ」

「ちが…ここじゃ…、あ…ぁ…」

腕から力が抜ける。

頭の中に光が散る。

張り詰めた前が濡れて、彼にそれを擦り付ける。

汚してしまう、と思ったが、今はそんなことを気にしてやる余裕はなかった。

「…あ……ぁ」

彼の腕の中、がくりと膝が折れ、自身の重みで彼を奥へと招く。

身体が震えるほどの感覚があって、倒れそうになる。

「立ってろよ」

「…そんな、無理…」

「仕方ねぇな」

倉木は繋がったまま、俺の身体を部屋の方へと回転させた。

「アッ！」

かろうじて支えにしていた方の足が爪先立ちになり、やがて宙に浮く。

「や…っ！　い…っ」

強引な。

このまま運ぶなんて。

いくらお前が力があっても、無理だ。

移動はいたずらに刺激を与えるだけだから止めて欲しい。せめて一度抜いてくれ。一緒にイクために我慢するから。

そんな思いが頭を過《よぎ》ったが、それを彼に伝えることはできなかった。

声どころか、息をするのも苦しくて、壊れた人形のようにされるがままだ。

「んっ、…う…ぅ、ん…」

彼が一歩進む度、頭の先までビリビリと痺れる。

それに耐えるためになけなしの力を込めると、中にある彼を肉が締め付けた。圧着する肉が互いの体温を一つにし、蠢くものを同化させる。

「あー…、俺もダメだ…」

小さく呟くのと同時に、倉木は壁に俺の身体を押し付け、両の腕を脇の下をくぐらせるようにして手をつき、俺をそこへ縫い止めた。

そして立ったままで、何度も俺を突き上げた。

「んっ、ん…っ」

動きに合わせて鼻にかかる声が漏れる。

もう身体中がぐだぐだで、彼に縋ろうという気も起きなかった。

「摑まれ」

「む…り…」

「何とか頑張れ」

この状態で頑張れもないものだ。俺はお前と違って体育会系じゃないのに。

それでも何とか右の腕を彼の首に回した。だがそれは本当に『回した』というだけで、熱に浮かされた身体を支え切れるものではない。なのに彼はそれで十分と思ったのか、右を支えていた自分の腕を引き抜き、その手で俺の前を握った。

音がするほど激しいキスをしながら、手が先を急がせる。

理性が保てないほどの快感。

確かに、こんなセックスをする相手はお前しかいないだろう。

この快感を刻み込まれたら、忘れることなんてできやしない。

「あ…ぁ」

ドアから離れたことで安堵して、また声を上げる。

「い…、もう…」

繋がった場所が痙攣するように彼を締め付ける。

「倉木、倉木…ッ」

合わせるように腰を動かしながら、何度も彼を呼んだ。

蕩《とろ》けてゆくような快感を味わって、それをくれる者を確認するように。

遠慮も我慢もしないと言った言葉通り、ここに、今自分の腕の中にいる彼の全てを手に入れるために。

「くら…あぁ…っ！」

中にいる彼を強く締めると同時にぶるっ、と全身に震えが走る。

快感の絶頂は瀬戸際まで追い詰められた熱を彼の手に放つことで、過敏な身体と余韻に変わる。

まだ達していない倉木が俺の痙攣と圧迫で同じように熱を零す。

溢れる露が内股《うちもも》を伝って零れてゆく感覚がまた気持ちよくて、萎《な》えてゆく中のモノを包み込んだ。

「おい、おい、そうがっつくなよ」

それを俺が意識的にやったと思っているのか、彼は喉を鳴らして笑った。

「続きはちゃんとベッドへ行ってからにしようぜ」

どうしてこんな男をこれほど好きになってしまったんだろう。

子供っぽくて、一途で、ヤキモチ焼きで、乱暴な、こんな男を。

普通の生活をして、普通のセックスをしていた自分が、こんなケダモノな行為を悦ぶほど、のめりこまされるなんて。

「…少しは、俺の身体のことを考えろ」

ずるりとモノが引き抜かれると同時に床に座りこむ俺を、倉木は女のように抱き上げた。

「お前のことだけ考えたら、止まらなかったんだ」

その一言で何もかも許してもらえると思っている男に恋をしてしまった自分を、一瞬だけ呪った。

そして事実許してしまう自分のことを…。


連絡を取れないことが心配なら、勤務日程を教えてやろうか？　と言う倉木の申し出を、俺は断った。

今仕事に出ている、と思うほうがもっと心配になってしまうから。

知らなければ、家でごろごろしているのかもしれないと思えるじゃないか。

俺は二度、彼の仕事場で彼と対峙《たいじ》した。

一度は炎の中で、もう一度は炎の外で。

そのどちらの時も、俺は彼の死に脅《おび》えた。

怖くて、不安で、胸が潰れそうだった。

それをなくすことはできない。

どんなにポジティヴに考えようとしても、失いたくない大切な者を思いやることは止められない。

だから改めて彼に言った。

仕事を辞めろとは言わない。その代わりお前も、俺に心配するなと言うな、と。

危険な目にあったことを隠す必要もない。けれど俺がそれを不安に思うことを負担だと思わないで欲しい。

それは恋人として当然のことなのだから。

倉木は少しだけ困ったような顔をしたが、『わかった』と短く答えてくれた。

自分は子供ではない。

不安だけに捕らわれる心弱い者でもない。

不安に押し潰されそうになったとしても、潰されてしまうことはない。倉木が側にいてさえくれれば。

この男に恋を、二度と離れたくないと思うほどの恋をしている自覚ができた時から、全ての覚悟はできている。

男同士であることも、自分に御せない相手であることも。

それでも繋いだ手を離せなかったのだから、これは自分の決めたことなのだ。

必要なのは安心でも祝福でもない。ただ倉木一人だった。

そして俺はそのことを、ちゃんと口に出して彼に告げた。

俺のことを考えて仕事中にミスされることが心配で、今まで言えなかったのだという気持ちと共に。

倉木は考えようによっては少し憎たらしい「大丈夫だ、仕事中は仕事のことしか考えられない単純な頭だから」という返事を寄越《よこ》したが、俺の言葉にデレデレと喜んだ顔を見せたのでそれでいいと思うことにした。

藤原は、新しい店の建築工事が始まった頃、店へ戻って来た。

火事の時にやはり少し火傷《やけど》をしたのだと、手には包帯を巻いていた。

「篠森のこと好きだけど、今回は諦めるよ」

何とも思っていないから、再び訪れた店。

奢りだと言ってコーヒーを差し出しながら、彼は静かな声で続けた。

「言っとくけど、倉木に助けられたから譲るんじゃないよ？　何かの代わりに恋を諦めるタイプじゃないからね。篠森が…、君が『俺は倉木のものだ』って宣言したから、今回は我慢するだけだ。君の気持ちが揺らがないなら、俺の好意は迷惑なだけだろうから」

友人でいるならば、彼はいいヤツだと思う。

「でも、もしあいつが君を手放したら、すぐに言ってくれ。俺はもう一度アタックするから」

でも恋はできない。

「ありがとう。言葉だけ受け取っておくよ。でも、あいつが俺を捨てたいと思っても、俺が捨てさせないつもりだから」

「言うね」

微笑《ほほえ》みながら彼がテーブルを離れると、ポケットの中でケータイが鳴った。

そこに『彼』はいないけれど、着信のメロディだけで笑みが浮かぶ。

「はい?」

『篠森? 俺だ。今仕事終わったんだが、昼飯一緒にどうだ?』

名乗らない不躾《ぶしつけ》な男の声が耳に心地よい。

「いいよ。今『ロケット』にいるんだ。藤原が今日から復帰でね」

『何だと? もう近づくなって言っただろ!』

「今すぐおいで。そして自分で俺をここから連れ出してみろ」

『すぐ行く』

平穏な恋など、この世にはないのだと思う。

好きになればなるだけ、どんなに些細なことも気にかかるようになるのだろう。

けれど俺はこの恋を止められない。

どんなに苦しんでも、傷ついても、自分自身が変わってしまうほどのめりこんでも。

彼からのコール一つでこんなにも幸福になれる気持ちを失いたくはない。

「そういえば、あいつの仕事場からここまではどれくらいかかるのかな?」

オープンカフェの開いた窓から入って来る風を感じながら、俺は藤原の奢りのコーヒーに口を付けた。

甘く苦い、あの男のような味を楽しみながら…。

あとがき

皆様初めまして、もしくはお久しぶりです。火崎勇《ひざきゆう》です。

この度は「ラスト・コール」をお手に取っていただき、ありがとうございます。

イラストの石田要《いしだかなめ》様、素敵なイラストありがとうございます。担当のA様、色々とありがとうございました。

さて、今回のお話、いかがでしたでしょうか？

お気づきの方もいらっしゃるかと思いますが、実はこの話、雑誌掲載分プラス書き下ろしなのです。そして諸般の事情により雑誌掲載されてから今日まで長い月日が経ちました。書き下ろし分を書いてからも随分経ちます。その間担当さんが四人も変わり、その間も脈々と受け継がれてきて、今回やっと発刊の運びとなったわけです。繋がりを切らさず今日迄続けてくださった今までの担当さんのM様、K様、T様にも御礼申し上げます。ありがとうございました。

そして雑誌掲載時にイラストを付けてくださった雪舟《ゆきふな》様、ありがとうございました。

この話を書こうと思ったのは、当時友人が消防署に勤めていて、色々話を聞かせてくれたからでした。当時は呼び出しはポケベルだったのですが、今やそれは廃止。今回出すにあたって彼女に「今はどうやって呼び出してるの？」と訊くと「メール」とのことでした。

そのことを始め、時間的経過、物語の舞台は東京なのに参考にしてるのはK県である事、消防署の用語や体制等は地方色があるらしいということで、色々目を瞑っていただきたいところもあります。

なんせ、今時の消防車はカーナビで消火栓の位置情報が出たり、消火栓使用の予約までできるそうですよ。技術の進歩ってすごいです。

さて、そんな事情はおいといて、倉木《くらき》と篠森《しのもり》です。これから二人はどうなるのか。

倉木はいつかレスキュー行くんじゃないかな、と思ってます。今回ナンパされたのは篠森でしたから、そこで倉木が同じ隊員からコナかけられたりするのも面白いかも。

篠森が相手に「同じ状況を共有できる俺の方が君より倉木に似合うと思わない？」とか何とか言われたりして。

倉木の昔の彼女が現れて、嫌がらせでは無く篠森を心配して「明日死ぬかもしれない男と付き合うのは大変よ」と忠告してきて、色んな意味で篠森の心が揺れるとか。

倉木が現場で怪我して、入院した先の医師から篠森が口説かれて「あんな危険な男より私にしないか？」と誘われるのもありかも。

でも二人には、失うことが怖いから、より激しく燃える恋、でいて欲しいです。

そろそろ時間となりました。またいつかどこかでお会いできる日を楽しみに。

この本を読んでのご意見、ご感想を編集部までお寄せください。

《あて先》〒105－8055　東京都港区芝大門2－2－1　徳間書店　キャラ編集部気付
「ラスト・コール」係

■初出一覧

ラスト・コール……小説Chara vol.4（2001年5月号増刊）
コール・オン・ユー……書き下ろし

Chara

ラスト・コール

【キャラ文庫】

2013年12月31日 初刷

著者 火崎 勇
発行者 川田 修
発行所 株式会社徳間書店
〒105-8055 東京都港区芝大門2-2-1
電話 048-451-5960（販売部）
03-5403-4348（編集部）
振替 00140-0-44392

印刷・製本 図書印刷株式会社
カバー・口絵 近代美術株式会社
デザイン 百足屋ユウコ&長谷川有香（ムシカゴグラフィクス）

ISBN978-4-19-900735-4

キャラ文庫最新刊

黒き異界の恋人
遠野春日
イラスト◆笠井あゆみ

魔界を追放された皇子の従者・サガン。地上で出会った桐宮《きりみや》に惹かれるが、実は桐宮の正体は敵対関係にある天使だった——!?

ラスト・コール
火崎 勇
イラスト◆石田 要

出会って三ヶ月の篠森《しのもり》の恋人・倉木《くらき》。年齢や職業すら曖昧な彼は、いつもメールで呼び出されては、どこかへ消えてしまうが!?

バ グ
夜光 花
イラスト◆湖水きよ

捜査一課の七生《ななみ》が怪事件の捜査中、遭遇した事件の犯人はなんと“虫”!?　特別捜査官の水雲《もずく》と共に犯人に対峙することになり!?

1月新刊のお知らせ

榊 花月 [愛されてやってもいい(仮)] cut／新藤まゆり

中原一也 [熱病の庭(仮)] cut／みずかねりょう

凪良ゆう [叶い恋(仮)] cut／小山田あみ

1月25日(土)発売予定

お楽しみに♡